Menace à Fort Boyard

Du même auteur, dans la même série :

Les disparus de Fort Boyard
Les monstres de Fort Boyard

Du même auteur, dans la même collection :

Le fils des loups
Le voleur de pandas

Du même auteur, en Heure noire :

Vacances criminelles

Alain Surget
Illustrations de Jean-Luc Serrano

Menace à Fort Boyard

RAGEOT

*Pour Océane,
petit poisson des îles.*

Boyardville, sur l'île d'Oléron,
au milieu de l'été.

Cet ouvrage a été imprimé sur un papier
issu de forêts gérées durablement,
de sources contrôlées.

Couverture : Jean-Luc Serrano.

ISBN : 978-2-7002-3797-9
ISSN : 1951-5758

© RAGEOT-ÉDITEUR – PARIS, 2011.
Tous droits de reproduction, de traduction et d'adaptation
réservés pour tous pays.
Loi n° 49-956 du 16-07-1949 sur les publications
destinées à la jeunesse.

L'invasion des méduses

Bleu. L'océan est d'un bleu de saphir, sans une ride, laqué jusqu'à l'horizon. Seule la masse grise de Fort Boyard émerge de cette chape liquide, semblable à un vaisseau de pierre immobile.

Émilie et Jérôme sont allongés sur le sable au milieu des vacanciers qui ont colonisé la plage et barbotent dans la mer.

– C'est super que les parents soient partis en croisière ! se réjouit Jérôme. On est libres de faire ce qu'on veut !

– Tu oublies Damien, rétorque sa sœur jumelle.

– Damien nous laissera faire ce qu'on veut, reprend Jérôme. On pourra jouer aux arcades toute la nuit.

– Pas sûr, rectifie Émilie. Maman lui a donné des consignes et il prend son rôle de grand frère très au sérieux.

– Bof, il en aura vite marre de nous surveiller.

Émilie ne répond pas. Son regard s'attarde sur Fort Boyard. Elle pousse un profond soupir.

– Depuis ce qui s'est passé dans le Fort[1], je ne le vois plus de la même façon. Il... il...

– Il fait peur, conclut son frère.

– Oui, confirme-t-elle. Il est devenu effrayant.

1. Lire *Les disparus de Fort Boyard*, dans la même collection.

– Je suis sûr que la plupart des gens viennent sur la plage pour l'observer. Ils attendent peut-être qu'oncle Blaise s'échappe de ses murs ?

– Je me demande où il est passé, s'inquiète Émilie en lissant le sable du plat de la main. La police n'a rien trouvé et les scientifiques n'ont toujours pas étudié son laboratoire secret.

– Ça ne fait que trois semaines qu'on a résolu l'énigme des disparitions et que l'oncle Blaise s'est volatilisé, rappelle son frère. Un vrai fou, ce type. Vouloir transformer l'humanité en méduses pour vaincre le bruit, pfff !

– Moi, j'aimerais bien revoir Mathias. Il doit s'ennuyer là-bas, tout seul.

– Il a son chat. Et dans quelques jours, une nouvelle équipe se rend à Fort Boyard pour la reprise des jeux. Les organisateurs ont obtenu l'autorisation de la préfecture...

– ... à condition de ne pas s'aventurer dans les souterrains, achève sa sœur.

– J'espère que les candidats ne disparaîtront pas cette fois et qu'on pourra suivre l'émission jusqu'au bout.

Un cri tout à coup enfle en clameur. Des enfants hurlent et se ruent vers la rive. Des adultes courent vers eux, d'autres poussent des glapissements aigus qui affolent et provoquent des tourbillons de fuite. Les baigneurs se bousculent pour atteindre la plage. En quelques secondes, la panique est totale. Les surveillants débordés sont incapables de contenir l'effervescence de la foule.

– Ça... ça alors ! bégaie Jérôme qui s'est brusquement levé avec sa sœur. Que... qu'est-ce qui se passe ?

– Une attaque de requin ? suppose Émilie, la gorge sèche.

– Attention, elles arrivent sur la plage ! lance une voix stridente.

Les gens refluent d'un coup, tel un mouvement de houle, et se regroupent en une interminable ligne en retrait de l'estran. Une grande nappe blanchâtre transparaît sous la surface de l'eau et s'échoue par paquets sur le sable.

– Des méduses, souffle Émilie. Un énorme banc de méduses.

Rejetées par la marée, elles se déversent par ondes, basculant les unes sur les autres, et s'étirent en une barrière le long de la plage, interdisant l'accès à la mer.

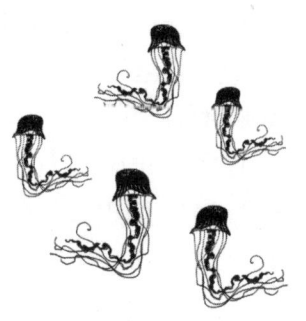

Les baigneurs qui ont été brûlés se hâtent vers les pharmacies de Boyardville. D'autres replient leur parasol et, leurs vêtements sous le bras, quittent la plage ou changent de place. Jérôme et Émilie s'approchent de la rive.

– Elles ont un aspect normal, constate Jérôme en s'arrêtant devant les méduses. Rien à voir avec celles sur lesquelles le savant fou réalisait ses expériences de mutation. Je me demande ce qui les a tuées. La pollution ? Un virus ? Ou bien...

– C'est peut-être un courant qui les a entraînées jusqu'ici, suggère Émilie.

– Oui, peut-être, dit Jérôme en fixant le Fort. Mais il se pourrait aussi que...

La phrase inachevée tire un frisson à Émilie. Son regard suit celui de son frère et s'ancre sur Fort Boyard.

– Quoi ? déglutit-elle. Tu penses que l'oncle Blaise est revenu ?

Le laboratoire sous-marin

Dans le laboratoire sous-marin de Fort Boyard, Mathias nettoie les hublots sous l'œil attentif de son chat. Mathias le Quasimodo, une grimace moulée dans un corps tordu, est seul depuis la disparition d'oncle Blaise.

– Mathias doit garder le laboratoire propre, dit-il à Gédéon, sinon oncle Blaise enfermera Mathias dans le goulp, le grand puits noir, ou bien il le jettera dans la mer, en pâture aux terribles monstres des abysses.

Car Mathias ignore qu'oncle Blaise est tombé dans le gigantesque aquarium expérimental où nageaient quatre méduses.

Le Quasimodo se retourne. Son regard s'attarde sur l'aquarium où évoluent cinq méduses et il pousse un profond soupir.

– Mathias s'ennuie, murmure-t-il. Mathias est seul. Mathias pense à Émilie et à Jérôme. Tu te souviens d'eux, Gédéon ? Ils t'ont sorti du goulp où oncle Blaise t'avait jeté. Mathias aimerait tant les revoir ! Gentils, gentils ils étaient, Jérôme et Émilie ! Et méchant oncle Blaise qui voulait te transformer en poisson-chat !

Il rentre la tête dans les épaules et regarde autour de lui d'un air craintif, mais le laboratoire est désert.

Creusé dans le rocher sous la surface de la mer et éclairé par des hublots géants qui laissent passer une lueur verdâtre, il ressemble à une jungle avec ses lacis de fils et de tuyaux qui pendent de la voûte et courent sur les murs, reliant entre elles toutes sortes de machines jaunes et noires.

Des ordinateurs sont alignés sur un côté et leurs écrans affichent des tableaux, des colonnes de chiffres, des courbes qui se déforment et se combinent en une danse perpétuelle. L'air vibre d'un bourdonnement continu et des boutons clignotent inlassablement.

– Allons, fait Mathias en allant ranger ses chiffons, il faut nourrir les méduses maintenant.

Il se dirige vers l'aquarium et suit un instant la danse pulsée de ces cloches translucides sous lesquelles s'agitent des lanières de verre. L'une des méduses vient se coller contre la paroi, plisse et déplisse son dôme comme si elle cherchait à expulser un chapelet de paroles. Elle tend ses tentacules parcourus d'ondes vers un tableau électronique. Un levier est fiché entre deux cadrans dont les aiguilles ne cessent de s'affoler.

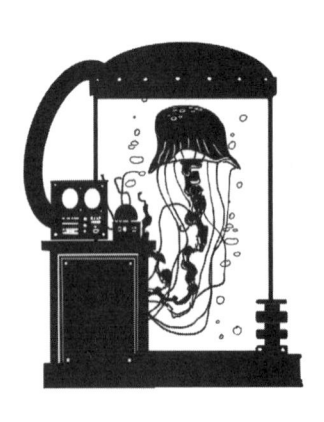

– Krrr, krrr, krrr! rit Mathias. La bêbête veut peut-être que Mathias relève le bras du convertisseur de molécules, mais oncle Blaise a interdit à Mathias de toucher à quoi que ce soit. Mathias obéit.

La méduse s'excite, vire au rouge diaphane, au cramoisi opalescent, au violet luminescent... Médusé, Mathias suit son ballet enluminé.

– Ooohhh! Ooohhh! Ooohhh! lâche-t-il, essayant de l'imiter en gonflant et dégonflant ses joues. Mathias s'est trompé, la méduse veut qu'il nettoie les parois de l'aquarium, dit-il en passant un doigt sur le verre, mais il n'y a plus de liquide pour les vitres. Mathias va devoir aller en acheter. Mathias n'aime pas la ville. Le bruit tape dans sa tête.

Il gravit l'escalier métallique qui mène au-dessus de l'aquarium, saisit une seringue remplie de plancton, injecte le produit dans l'eau et remarque à ce moment l'attitude de son chat.

Celui-ci a le poil hérissé, le dos bombé comme une pelote d'épingles, et il dresse une queue qui a doublé de volume. Ses yeux dilatés sont fixés sur la porte.

– Gédéon ! appelle Mathias. Qu'est-ce qu'il y a ? Y a un tigre qui s'est faufilé dans le passage ? Un tigre, c'est qu'un gros chat, krrr, krrr, krrr !

Pourtant le comportement de l'animal finit par inquiéter Mathias, qui s'immobilise à son tour et dresse l'oreille…

Flap !

Flap ! Flap !

– Tu as entendu ce bruit bizarre, Gédéon ?

Flap ! Flap ! Flap !

Le bruit traverse la galerie secrète, descend l'escalier, approche. Gédéon miaule puis file se cacher sous un tabouret. Mathias dévale l'escalier métallique, s'enfuit à l'autre bout du laboratoire et se tasse sous un hublot derrière lequel un requin a collé son œil. Un œil énorme déformé par l'épaisseur du verre. Puis une mâchoire se profile, dévoilant des crocs redoutables. D'un coup de queue, le squale se propulse en avant, son fuselage frôle le hublot et il disparaît. Reste le vert de l'eau qui diffuse une lumière phosphorescente dans le laboratoire.

– La porte ! gémit Mathias. Mathias a oublié de fermer la porte à clé !

Il hésite. A-t-il le temps de foncer jusqu'à la porte ? Les Flap ! Flap ! résonnent désormais dans le couloir voûté qui mène au laboratoire. Il jette un regard éperdu autour de lui. Aucune cachette possible !

Alors Mathias bondit, porté par une bouffée de courage. Il se rue vers la porte, les bras tendus, le cœur sonnant tel un tambour et le sang battant contre ses tempes.

– Mathias va réussir ! Mathias court vite ! Mathias va bloquer la porte au nez des…

Trop tard ! La porte s'ouvre à toute volée, le figeant dans son élan.

– Oh non ! glapit-il. Oh non !

Une haute silhouette, dont la chevelure noire retombe en tentacules sur les épaules, apparaît dans l'encadrement, entourée de deux hommes-grenouilles.

– Te voilà donc, Mathias !

Retrouvailles

Le lendemain, à Boyardville, Jérôme et Émilie ressortent d'une librairie, une BD à la main, les yeux brillants de plaisir.

– J'espère que le troisième tome paraîtra bientôt, dit Jérôme. J'ai vraiment hâte de connaître la suite des aventures de...

La main de sa sœur attrape soudain son bras.

– Quoi? Qu'est-ce qu'il y a? fait-il en fronçant les sourcils.

Émilie désigne une épicerie de l'autre côté de la rue.

– Regarde qui sort du magasin, là-bas !

Jérôme décèle une silhouette singulière parmi les passants.

– Hé, mais c'est Mathias !

Ils veulent traverser pour le rejoindre, or une file de voitures les en empêche.

– Mathias ! crient les jumeaux pour attirer l'attention du Quasimodo sur lequel les passants se retournent. Mathias ! Mathias !

– Hein ? grogne Mathias en ouvrant des yeux ronds, cherchant qui l'appelle.

Il aperçoit Jérôme et Émilie qui lui adressent de grands signes. Un sourire éclaire sa figure et il s'apprête à leur répondre, mais une ombre éteint l'éclat de ses yeux et son visage se referme.

– Problème, problème, marmonne-t-il. Mathias ne doit parler à personne. Tante Médusa l'a formellement interdit. Mathias doit rentrer tout de suite au Fort avant que les gens reviennent et recommencent à galoper pour attraper les clés. Un jour, Mathias les cachera, ils ne les trouveront plus et ce sera fini de courir au-dessus de la tête de Mathias, krrr, krrr, krrr!

Un sac en plastique à la main, il se met à courir pour échapper aux jumeaux qui franchissent enfin la rue.

– Il se sauve! s'étonne Jérôme. Hé, Mathias, c'est nous, Émilie et Jérôme!

Plus ils s'époumonent derrière lui, plus Mathias force l'allure. Ils s'élancent à sa poursuite.

– Qu'est-ce... qu'il lui prend? halète Émilie en dévalant la rue avec son frère.

– Il ne nous a... pas reconnus...

– Si, justement ! Je crois que c'est... pour ça... qu'il s'enfuit...

– Bons amis, bons amis, répète le fuyard, pardonnez à Mathias ! Mathias n'a pas le droit... de serrer ses amis sur son cœur... Non, non, pas le droit ! Si Mathias s'arrête... tante Médusa le saura... Ses deux abyssiens voient tout... entendent tout... Et alors... aïe, aïe, aïe !

Mathias a des larmes dans les yeux. Des larmes de honte et de terreur aussi. Il arrive au chenal de la Perrotine où sont amarrés des bateaux. Il se retourne pour voir où sont les jumeaux, heurte un passant et perd l'équilibre. Il tend les bras pour amortir sa chute. Le sac tombe. Mathias réussit à se redresser en battant des bras et il fonce droit devant lui.

– Le sac ! grogne-t-il. Mathias a perdu son sac.

– Ton sac! le hèle Jérôme qui se baisse pour le ramasser. Tu as perdu ton sac!

Mathias reste sourd aux appels. Il pousse un cri de dépit et court le long du chenal.

Il n'a que le temps de sauter dans son esquif et de détacher l'amarre. Émilie parvient à sa hauteur. Elle hésite à bondir dans la barque à son tour.

– Mathias! l'apostrophe-t-elle. Mathias! Pourquoi est-ce que tu nous fuis?

Arc-bouté sur ses rames, Mathias refuse de leur répondre.

Il a peur d'attirer la colère de tante Médusa. Elle pourrait même s'en prendre à ses amis, or cela il ne le supporterait pas.

– Méchante, méchante, marmonne-t-il entre ses dents, broyant les mots comme si c'étaient des noix. Tante Médusa est aussi méchante qu'oncle Blaise. Même plus parce qu'elle commande les deux vilains abyssiens qui font peur à Mathias.

Abasourdis, Jérôme et Émilie regardent la barque s'éloigner.

– Il ne veut plus nous voir, constate Émilie. On n'est plus ses copains ? Qu'est-ce qui se passe ?

– Ou qu'est-ce qui se passe au Fort ? corrige Jérôme.

– Il n'y a personne là-bas pour l'instant. Tu crois qu'à force de vivre tout seul, Mathias est devenu sauvage?

– Je ne sais pas, mais nous le découvrirons.

– Comment?

– Nous allons nous rendre au Fort pour lui rendre ses achats, répond Jérôme en tapotant le sac qu'il tient à la main. C'est un excellent prétexte, non? Il faudra bien qu'il nous explique alors ce qui se passe!

Une expédition dans la nuit

La nuit laque la mer. Une mer calme qui reflète la brillance de la lune et étire un ruban de lait de la côte à l'horizon.

Planté sur son socle rocheux, Fort Boyard luit d'une pâleur d'étoile. Une lueur bleutée, un peu irréelle, qui s'étend sur les tuiles des habitations de Boyardville.

La ville dort. Toute la ville ? Non, car une lumière balaie le seuil d'une maison, dévoilant deux silhouettes qui referment prudemment la porte derrière elles. Pour éviter de se faire repérer, Émilie coiffe le verre de la torche électrique avec sa main, réduisant le faisceau à un rouge de braise. Une fois dans la rue, elle éteint la lampe.

– On aurait peut-être dû demander à Damien de nous accompagner, souffle-t-elle.

Jérôme se contente de hausser les épaules.

Il s'estime bien assez courageux pour se risquer jusqu'au Fort sans son frère aîné, et tout à fait capable de manier les rames. Ses muscles, ce n'est pas du céleri bouilli.

Et puis, une barque glisse toute seule quand la mer est aussi lisse qu'un miroir.

Les jumeaux descendent la rue en silence et se dirigent vers le chenal de la Perrotine. Une fois parvenus près des bateaux, ils choisissent une barque légère pourvue de ses rames et s'y installent.

– Son propriétaire ne se rendra même pas compte qu'elle a été empruntée, assure Jérôme. Euh, ce serait mieux que tu rames avec moi, ajoute-t-il. Pour conserver le bon cap.

Il détache l'amarre, et bientôt l'embarcation sort du chenal. À mesure qu'ils avancent, Émilie sent la mer s'animer sous elle. L'eau ondule, se creuse, s'agite, comme un corps qui s'éveille et s'ébroue.

– Tu crois qu'il y a des bestioles là-dessous ? s'inquiète-t-elle. Je veux dire des créatures dangereuses. Des raies ? Des requins ? Des...

– Des méduses dévoreuses d'hommes ! rit Jérôme. Il y en a des colonies qui remontent des profondeurs, pareilles à des fantômes blancs.

Il jette un coup d'œil par-dessus son épaule pour vérifier qu'ils conservent la bonne direction.

– On aurait dû demander à Damien de venir avec nous, reprend Émilie. Que ferons-nous si la porte est fermée ? Damien, lui, aurait pu escalader le mur et nous ouvrir de l'intérieur.

– Mathias nous entendra frapper, assure Jérôme.

– Si ce n'est pas le cas, nous n'aurons plus qu'à rentrer.

Jérôme sait que sa sœur a raison et que la présence de Damien aurait été la bienvenue. Mais il est sûr aussi que son grand frère aurait refusé de les accompagner et qu'il leur aurait strictement interdit d'aller au Fort.

– Rame correctement, dit-il à sa sœur, sinon la barque va décrire un arc de cercle, peut-être prendre la houle de travers et chavirer. Imagine que des tentacules géants remontent alors vers nous dans l'eau noire…

Émilie se concentre. Elle calque ses mouvements sur ceux de son frère, oubliant les images terribles de gueules hérissées de crocs fendant les flots à leur rencontre, ou d'immenses tentacules s'apprêtant à percer les vagues pour s'abattre sur eux et les entraîner vers les profondeurs.

– On arrive, prévient Jérôme après un ultime regard derrière lui.

La mer ronfle contre les rochers et s'y déchire en petits jets d'écume. Les jumeaux contournent le Fort, abordent le quai et fixent la corde de la barque à un anneau scellé dans la muraille.

– Tu vois, se rengorge Jérôme, nous sommes arrivés sans faire naufrage, sans être attaqués par des orques ou des pieuvres, sans…

– J'espère simplement qu'on ne va pas tomber dans un piège une fois à l'intérieur, le coupe sa sœur.

Ils gagnent une lourde porte cloutée de fer, actionnent la poignée… Fermée !

– Je m'en doutais, soupire Émilie. On est venus pour rien.

– Je te promets que Mathias va ouvrir cette porte s'il veut dormir cette nuit.

Il se met à tambouriner de toutes ses forces contre la lourde porte en bois.

– Je te garantis que même les fantômes qui dorment dans ce Fort depuis des lustres vont se réveiller.

– Arrêtez ! Arrêtez ! crie une voix au-dessus d'eux.

Jérôme et Émilie lèvent la tête. Une forme qui se découpe dans la clarté laiteuse, tout en haut de la muraille, agite les bras dans leur direction.

– Bons amis, bons amis, fuyez !

– C'est Mathias ! affirme Émilie.

– Mathias, nous t'avons rapporté tes achats, annonce Jérôme. Et nous aimerions bien savoir pourquoi tu…

– Fuyez ! Fuyez avant que les méchants vous attrapent ! jette Mathias d'un ton plein de terreur.

– Quels méchants ? s'étonne Émilie.

– Ouvre-nous, Mathias ! On aimerait te parler.

Mais le Quasimodo reste vissé sur le chemin de ronde.

– Ils vont venir ! Ils vont venir et enfermer les bons amis de Mathias dans le goulp. Fuyez ! Fuyez ! répète-t-il en leur lançant des poignées de gravier pour les obliger à partir.

– Il est devenu fou, grogne Jérôme en reculant.

Un grincement retentit tout à coup. Celui d'une porte qui tourne sur ses gonds.

— Sauvez-vous, bons amis, sauvez-vous ! Ooohhh, il est trop tard, se désole Mathias en se tordant les doigts. Les méchants arrivent. Ils vont vous attraper.

— Filons d'ici ! conseille Émilie à son frère. Quelqu'un a ouvert une porte à l'intérieur du Fort. Et je n'ai vraiment pas envie de savoir de qui il s'agit.

L'attaque des hommes-grenouilles

Jérôme décoche un dernier regard à Mathias qui les exhorte à fuir au plus vite. Il saisit Émilie par la main et court vers la barque. Ils sautent dans l'esquif qui, sous le choc, se met à tanguer.

Émilie empoigne sa rame pendant que Jérôme détache fébrilement la corde, puis, assis côte à côte, ils commencent à ramer de toutes leurs forces.

– En cadence! En cadence! s'énerve le garçon comme la barque opère un quart de tour, proue pointée vers le large.

Au même instant, ils perçoivent le raclement d'une barre de métal derrière la porte qui donne sur le quai.

– Vite! Ils arrivent! s'effraie Émilie.

– Les méchants abyssiens! Les deux méchants abyssiens! hurle Mathias en levant les bras au ciel.

À cet instant la lourde porte s'ouvre dans un grincement abominable. Deux ombres se glissent hors du Fort, se précipitent sur le quai et pilent net. L'une pousse un glapissement de colère, l'autre se contente de serrer les poings.

L'embarcation est déjà trop loin pour qu'elles puissent l'atteindre.

– On l'a échappé belle ! souffle Émilie.

C'est alors qu'un coup de sifflet déchire l'air, strident, incisif, pareil à un bris de verre.

Les silhouettes pivotent sur elles-mêmes et regagnent la forteresse en courant. Puis un cri éclate :

– Mathias !
– Tu as entendu ?
– Oui, répond Jérôme. Ça ressemblait à un hurlement de chat.
– Plutôt à une voix de femme, corrige sa sœur en cessant de ramer et en se redressant sur le banc pour reprendre son souffle.

Ils cherchent Mathias des yeux en haut de la muraille, mais il a disparu, obéissant à l'appel mystérieux.

– Qu'est-ce qui se passe là-dedans ? murmure Jérôme.

Émilie détourne son regard de la masse bleutée de Fort Boyard posée sur une couronne d'écume.

– Allez, dit-elle. On rentre et on oublie tout ça.

Ils affermissent les rames dans leurs mains quand les deux ombres réapparaissent et courent sur le quai avec une allure de canard.

– Ils reviennent ! avertit Jérôme. Ils ont mis des palmes, un masque…

– Rame ! ordonne sa sœur. Plus vite !

Paniqués, les jumeaux ont perdu la cadence et la barque tourne sur elle-même. Émilie saisit sa lampe, l'allume, éclaire la mer et découvre deux formes sombres, sous la surface de l'eau, qui convergent vers eux, tels des squales fonçant sur une proie.

– Ils nous rattrapent ! s'affole Jérôme.

Il se lève, brandit son aviron à deux mains. Une tête surgit contre la coque.

La rame s'abat dans l'eau. Une main tente de s'accrocher au plat-bord, mais les jumeaux forcent l'ennemi à reculer ou à replonger.

L'embarcation roule d'un bord à l'autre, ils ont bien du mal à conserver leur équilibre. Un des agresseurs parvient soudain à se hisser sur l'arrière de la barque. La rame d'Émilie siffle dans l'air et l'atteint à l'épaule. Le choc rejette l'autre à bas de l'esquif dans une grande éclaboussure.

Émilie retourne aussitôt son aviron contre le deuxième attaquant qui a réussi à s'emparer de la rame de Jérôme et cherche à la lui arracher des mains.

L'homme essaie de se protéger avec un bras, mais face à la résistance conjuguée du frère et de la sœur, il rompt le combat et nage vers son compagnon qui n'a plus la force de repartir à l'assaut de la barque. Ensemble, ils regagnent le Fort.

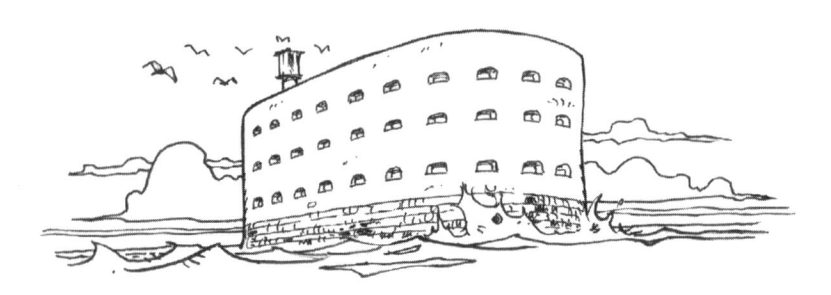

Debout dans l'embarcation, Jérôme et Émilie accompagnent la fuite de l'ennemi par des cris de victoire. Puis, ramant au même rythme, ils s'éloignent rapidement du Fort qui a pris une lueur spectrale sous la lune.

– Ces deux hommes sont dangereux, déclare Jérôme. Il faut prévenir la police.

– Non. Ces gens ont peut-être le droit d'être là-bas. Ils diront que nous avons essayé d'entrer dans le Fort et qu'ils ont simplement voulu nous rattraper. Nous ne pourrons pas prouver qu'ils nous voulaient du mal.

Jérôme rame un instant en silence, puis…
– Et Mathias?
– Apparemment, il est en bonne santé. Même s'il ne veut pas nous voir.
– Il est peut-être obligé de…
– Justement! S'il est surveillé par des sales types, on risque de les avoir aussi sur le dos. Si on avertit la police, ils s'en prendront à nous.
– Mais…
– Rame et tais-toi! ordonne Émilie. Ton expédition a failli nous coûter cher. J'en ai plus qu'assez de Fort Boyard.

« Comme tu voudras, pense Jérôme. Mais moi, je vais l'avoir à l'œil, le Fort, et je saurai ce qu'il a dans le ventre. »

Il lève un œil sur la masse qui s'estompe sous un passage de nuages.

« Il ne fallait pas s'en prendre à nous, se dit-il avec une expression de défi. Maintenant, c'est la guerre ! »

Fort sous surveillance

Le lendemain, de bonne heure, Jérôme s'installe sur la plage pour observer Fort Boyard avec les jumelles de son père.

Des bateaux passent dans son champ de vision, qui promènent des touristes autour du Fort avant de les emmener sur l'île d'Aix. Des véliplanchistes filent sur l'eau ou se battent avec leur voile en tentant de la redresser. Un homme fait son jogging, longeant la plage dans un sens puis dans l'autre.

« Rien, rien, je ne distingue rien qui bouge là-bas, s'étonne Jérôme. Personne sur le chemin de ronde et aucun canot à quai. Ils vont sortir, ils vont forcément sortir, on a donné un coup de pied dans la fourmilière hier soir… À moins qu'ils se soient enfuis cette nuit ?… Ou qu'ils attendent de voir la suite des événements ? Ils surveillent sans doute aussi la plage ? »

L'idée frappe Jérôme qu'il est peut-être dans la ligne de mire de leurs jumelles. Une bouffée de peur lui serre la gorge, et il décide de changer de poste d'observation. Il va se coucher à plat ventre derrière une haie de canisses, coince ses jumelles entre des cannes brisées et reprend sa surveillance.

Les bateaux de touristes ont disparu, seules subsistent quelques planches à voile, piquées dans la mer tels des ailerons blancs. Sur la plage, le joggeur repasse une énième fois devant lui comme s'il courait derrière une proie invisible.

— Jérôme ! lance tout à coup une voix. Jérôme !

La main en visière pour se protéger de l'éclat du soleil, Émilie cherche son frère des yeux.

— Je suis là, souffle-t-il, derrière les canisses.

Elle se retourne, fronce les sourcils, ne le découvre que lorsqu'il agite un bras pour attirer son attention.

– Qu'est-ce que tu fabriques ? s'étonne-t-elle en le rejoignant.
– Baisse-toi ! siffle-t-il. L'ennemi nous épie peut-être de là-bas.

D'un mouvement du menton, il désigne Fort Boyard. Instinctivement, Émilie s'accroupit près de son frère.

– Tu délires, dit-elle. Tu penses vraiment que les inconnus du Fort épient la plage ? Et toi, qu'est-ce que tu comptes voir d'ici ?
– On ne sait jamais, souffle Jérôme. Mathias peut leur échapper...
– Mathias a peur de tout, même de l'ombre de son chat, il ne quittera jamais Fort Boyard. Où veux-tu qu'il aille ? ajoute Émilie.
– On devrait retourner au Fort...
– Pas question ! C'est une chance qu'on soit rentrés vivants, hier ! Je suis venue te chercher parce que Damien a besoin de nous. Allez, on retourne à la maison et tu oublies toute cette histoire. C'est trop dangereux !

– Parle moins fort, chuchote Jérôme qui en se relevant a cueilli le coup d'œil que leur a décoché le joggeur.

Il pose un dernier regard sur Fort Boyard, tourne le dos à la mer et repart avec sa sœur. Le joggeur cesse alors de courir. Il attend que les jumeaux se soient un peu éloignés puis leur emboîte le pas. Un sourire menaçant sur les lèvres.

La journée coule, prolongeant ses heures chaudes jusqu'au soir. Les jumeaux rentrent d'une promenade sur le port – au cours de laquelle ils n'ont cessé de jeter des coups d'œil sur le Fort – quand, passant devant une petite ruelle déjà tapissée d'ombre, entre deux restaurants, ils entendent :

– Jérôme ! Bons amis… bons amis !

Ils pilent net.

— Mais... c'est Mathias !

— En effet, confirme Émilie. Il n'y a que lui pour parler de cette façon.

Ils s'engagent dans la venelle, ne voient personne.

— Mathias ! appelle Jérôme. Tu es là ?

— Bons amis, bons amis, Mathias veut vous parler cette nuit. Pas maintenant, pas maintenant ! reprend-il sur un ton saccadé comme les jumeaux approchent. Au bout du chenal. Dans le Zodiac.

— Et pourquoi pas maintenant ? demande Émilie.

— Non, non ! Mathias n'a pas le temps.

— Où es-tu Mathias ? Sors de ta cachette !

– Mathias ne veut pas finir au goulp ! À la tombée de la nuit ! Dans le Zodiac. Loin des deux abyssiens !

Et Mathias s'enfuit, ombre parmi les ombres.

– Mathias a un Zodiac ? relève Jérôme, surpris. Il était dans une barque, hier.

– Il n'a jamais prétendu que le Zodiac lui appartenait, précise Émilie.

– Comment peut-il être certain que le Zodiac sera toujours amarré au bout du chenal ce soir ?

– Mathias s'imagine peut-être que rien ne peut bouger autour de lui. En tout cas, ses méchants abyssiens ne l'empêchent pas de se déplacer. Mathias n'est pas prisonnier au Fort.

– C'est vrai, reconnaît son frère. Mais alors pourquoi nous ont-ils attaqués ?

Émilie l'ignore. Elle réprime un frisson et se hâte de regagner l'avenue qui mène au centre-ville.

– Tu ne trouves pas que Mathias avait une drôle de voix ? reprend-elle au bout d'un moment.

– Il doit être enroué, suppose Jérôme.

Émilie fait la moue, pas convaincue.

Boyardville s'habille d'une lueur d'incendie née de l'océan puis, presque sans transition, les toits virent au bleu sombre tandis que les lampadaires et les néons allument les rues et animent les façades d'une lumière crue et trépidante.

Sous le prétexte d'aller passer la soirée chez des copains et de dormir chez eux, Jérôme et Émilie sortent après le repas du soir, laissant Damien et ses amis devant la télévision qui diffuse un match de football.

Un sac de sport à la main, dans lequel ils ont fourré pêle-mêle leurs pyjamas et leurs affaires de toilette, ils empruntent la rue qui conduit au centre-ville mais, après un coup d'œil derrière eux, bifurquent en direction du chenal.

— Il n'y a pas grand monde, constate Émilie.

— C'est à cause du match. Mathias a bien choisi son jour pour passer inaperçu.

— Je suis curieuse de savoir pourquoi il s'est enfui en nous voyant, dit Émilie.

Ils atteignent le chenal, longue entaille qui borde la ville et s'ouvre vers la mer. Des barques s'alignent le long de la rive, s'entrechoquant légèrement au gré de la marée.

Ils parviennent à l'extrémité du quai de la Perrotine.

— Il y a bien un Zodiac, remarque Jérôme, mais Mathias n'est pas là. Où est-il passé ?

La main de sa sœur se referme sur son bras.

– Regarde, souffle-t-elle. Il y a un message dans le Zodiac.

– Allons voir!

Jérôme monte dans le Zodiac. Émilie dépose le sac de sport au pied du poteau d'amarrage et suit son frère, qui déchiffre le message à la lueur de leur lampe.

– « Attendez-moi, bons amis, j'arrive! » C'est signé Mathias.

– Mais Mathias ne dit jamais « je »! s'étonne Émilie. Ce n'est pas lui qui a écrit ce message!

Soudain deux créatures surgissent de l'eau, et avant que les jumeaux réagissent, elles se hissent dans le canot et les empoignent sans ménagement.

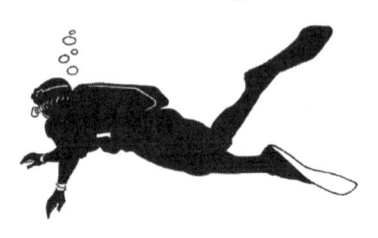

Émilie et Jérôme tentent de résister mais ils sont rapidement maîtrisés. L'un des hommes-grenouilles leur lie les mains dans le dos et les bâillonne tandis que l'autre détache l'amarre, met le moteur en route, saisit la barre, et c'est la filée sur la mer en direction de Fort Boyard.

Émilie et Jérôme échangent un coup d'œil craintif. Ce sont les deux hommes qui les ont attaqués dans la barque, la nuit dernière. Les méchants abyssiens de Mathias!

Médusa

La lourde porte du Fort Boyard se referme bruyamment derrière les jumeaux terrifiés et trempés, provoquant un roulement de tonnerre sous les voûtes humides.

Un des hommes-grenouilles leur retire leur bâillon puis les pousse dans une galerie qui s'enfonce dans les entrailles de Fort Boyard.

Son comparse, qui ouvre la marche, tient une torche électrique dont la lumière déplace des ombres gigantesques qui se soudent en ténèbres dans leur dos. Le tunnel s'achève contre un mur. L'homme appuie sur plusieurs pierres selon un ordre précis, puis le mur s'escamote dans un grondement d'orage.

Ils pénètrent dans un nouveau boyau qui donne sur un escalier en colimaçon. La descente est interminable.

– Qu'est-ce que vous allez faire de nous ? les interroge Émilie.

Une bourrade dans le dos est leur seule réponse. Ils franchissent une porte puis s'engagent dans un long corridor où convergent des souterrains. La forte odeur de moisi et l'humidité qui suinte des murs indiquent qu'ils se trouvent sous le niveau de la mer.

Soudain, le faisceau de la torche dévoile une boule noire plantée au milieu du passage.

Surprise, celle-ci fait le gros dos, crache et sort ses griffes.

– Gédéon ! articule Jérôme.

Jaillie du noir, une silhouette se jette brusquement sur le chat, le fauche et l'emporte dans une coulée d'ombre où elle disparaît. Le garçon croit discerner « Bons amis, bons amis ! » parmi un bredouillement de mots.

– Mathias ? dit-il en s'arrêtant et en tournant la tête.

Une main s'abat sur son épaule et le pousse en avant. Ils parviennent devant une deuxième porte sous laquelle filtre une étrange lumière verte. « Le laboratoire de l'oncle Blaise ! » se rappelle Émilie. Un homme frappe du poing contre la porte. Un ordre claque. Il ouvre.

Bras croisés, une femme les attend au milieu du laboratoire. Les jumeaux se figent, sidérés. Ils ont l'impression de se trouver devant une créature marine. Vêtue d'une combinaison noire piquetée de coquillages et d'étoiles de mer, les cheveux noués en serpenteaux, la femme ressemble à une méduse.

– Ah, voilà donc ces trouble-fêtes ! s'écrie-t-elle.

Elle fait signe au petit groupe d'approcher, puis elle prend le menton d'Émilie dans sa main, lui relève la tête, l'examine, passe à son frère…

– Je vous reconnais ! s'exclame-t-elle. Je vous ai vus à la télévision à l'occasion de l'émission consacrée aux mystères de Fort Boyard et à la disparition de mon frère Blaise. Vous êtes revenus fourrer votre nez dans nos affaires, mais cette fois-ci vous n'empêcherez pas notre grand projet d'aboutir, aussi vrai que je m'appelle Médusa !

– L'oncle Blaise est là, lui aussi ? demande Émilie d'une voix tremblante.

– Hélas non. Je suis sans nouvelles de lui depuis que la police a investi le Fort... Mais j'ai l'intention de poursuivre son entreprise et de rétablir le monde du silence sur la planète bleue. L'univers est silence. L'univers a horreur du bruit. Seule la vie au fond des océans est silence. Un beau silence liquide, une paix abyssale.

Médusa inspire un grand coup en gonflant sa poitrine, puis elle poursuit d'une voix forte :

– La vie vient de la mer, elle doit y retourner. De toutes les créatures de l'océan, la méduse est la plus parfaite. Elle est une danse perpétuelle, l'aboutissement de toutes les formes de l'existence. Son dôme bat tel un cœur, ses membres sont des lanières sans cesse parcourues d'ondes rapides, elle est palpitation, palpitation, palpitation, achève Médusa en allant tapoter la paroi de l'aquarium pour provoquer la danse des méduses.

– C'est dans cet aquarium que vous comptez transformer l'humanité en céphalopodes ? demande Émilie. L'oncle Blaise a essayé mais il n'a réussi qu'à produire des bestioles roses ou vertes qui ressemblaient plus à des champignons qu'à des...

– Blaise a toujours été un peu brouillon, confie Médusa. Il y a un grand bassin expérimental connecté au laboratoire, dans les entrailles du Fort. Mon frère n'a pas eu le temps de le rendre opérationnel, mais je suis tout près de réussir. Vous me servirez de cobayes, ajoute Médusa avec un vilain sourire. Plus tard, j'étendrai mes connexions aux océans, et c'est par millions que les humains seront métamorphosés en méduses.

– Et vous ? l'interroge Jérôme. Vous voulez devenir une méduse, vous aussi ?

– Je serai la reine des méduses, l'impératrice des mers, la pharaonne des abysses.

– Et nous ? questionne Rorqual. Qu'est-ce qu'on deviendra ?

– Vous serez mes tritons, bien sûr ! Mes deux gardes armés de tridents.

Une méduse est venue se coller contre le verre et elle s'excite en pointant ses tentacules vers le convertisseur de molécules.

Elle gonfle et dégonfle son dôme comme si elle essayait désespérément d'exprimer quelque chose.

– J'ai l'impression qu'elle me parle, se réjouit Médusa. Cette méduse me sent si proche qu'elle commence déjà à communiquer avec moi.

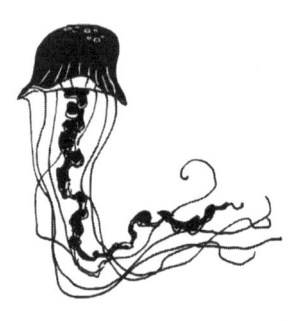

Elle se tourne vers les jumeaux éberlués, poursuit :

– Quand vous nagerez dans le bassin à votre tour, vous goûterez à des sensations nouvelles. Votre poids ne vous encombrera plus, vous serez devenus aériens, de véritables dentelles flottantes…

– Ce n'est pas dans l'océan mais à l'asile qu'est votre place, l'interrompt Émilie.

– Et si vous ne nous libérez pas immédiatement, vous irez en prison avec vos acolytes, ajoute Jérôme.

Médusa ignore les protestations des jumeaux et s'adresse à ses hommes de main :

– Narval, Rorqual, vous avez l'intention de rester longtemps avec vos bouteilles de plongée dans le dos ?

– Nous devons retourner camoufler le Zodiac dans la grotte sous-marine, près de la barque du… de…

– De mon neveu Mathias, précise tante Médusa.

– Mathias nous a trahis ! s'écrie Émilie.

– Mathias est trop bête pour trahir qui que ce soit, voilà pourquoi je le laisse courir dans les galeries avec son chat. C'est Narval qui a imité sa voix pour vous attirer dans un piège. À présent, détachez-leur les mains et enfermez-les ! ordonne-t-elle. Vous n'oubliez rien ? reprend Médusa comme ses sbires tranchent les liens des jumeaux.

– Ben… non, fait Rorqual en regardant son compère.

– Fouillez-moi ces deux gamins ! assène-t-elle en tapant du pied.

Ils s'exécutent, trouvent un portable dans la poche d'Émilie. Rorqual le tend à la maîtresse du Fort avec une moue d'excuse. Médusa le lui arrache, le range dans le tiroir d'un bureau gris puis elle les renvoie d'un geste.

– Vous n'avez pas le droit de nous garder ici ! hurle Jérôme. Nos parents vont prévenir la police. Elle envahira le Fort.

Narval et Rorqual les entraînent dans les labyrinthes de Fort Boyard faiblement éclairés par une ligne d'ampoules poussiéreuses.

L'instant d'après, les jumeaux sont claquemurés dans une cellule fermée par une grille. Puis les deux hommes rebroussent chemin.

Émilie inspecte leur prison. Des feulements lui parviennent d'un trou dans la voûte.

– Nous devons être sous la cage des tigres, comprend Émilie. Comment allons-nous pouvoir sortir d'ici?
– Il reste Mathias…
– Lui, à part courir après son chat!… Il faudrait que Gédéon soit enfermé avec nous pour qu'il nous aide.

Émilie va s'asseoir le dos contre le mur et elle pousse un soupir de découragement. Jérôme donne un grand coup de poing sur la grille, puis il s'accroupit près de sa sœur.

– Qu'est-ce qu'on va devenir ? souffle-t-elle.

Il passe un bras autour des épaules de sa sœur et la serre contre lui, cherchant à se rassurer lui-même. Car la pointe de la peur est déjà bien ferrée dans son ventre.

Un cadeau
pour Mathias

Le lendemain matin, tandis qu'approche l'heure de midi, Damien s'étonne de ne pas voir revenir Jérôme et Émilie. Ils lui ont pourtant promis qu'ils rentreraient avant le repas.

Il appelle sa sœur sur son portable mais n'obtient aucune réponse. Il décide alors de contacter l'ami chez qui ils ont dormi.

– Comment ? s'étrangle Damien. Il n'a jamais été question qu'ils dorment chez toi ?

Il raccroche, réfléchit, feuillette l'annuaire, cherche les numéros des autres amis de Jérôme et d'Émilie, leur téléphone...

« Ils ne sont allés chez aucun d'entre eux, s'inquiète-t-il. Où sont-ils donc ? »

Il se souvient alors que les jumeaux lui ont dit avoir aperçu Mathias, la veille.

« Et s'ils s'étaient rendus à Fort Boyard ? réfléchit-il. Cela expliquerait que la communication avec Émilie ne passe pas. »

Damien sort et se dirige vers le chenal de la Perrotine. Il espère rencontrer quelqu'un qui les aurait vus ou qui les aurait conduits jusqu'au Fort. Hélas, les pêcheurs qu'il croise sur le quai secouent négativement la tête. Il poursuit néanmoins jusqu'à l'extrémité du chenal.

Soudain, un sac posé près d'un poteau d'amarrage attire son attention.

– C'est le sac de sport d'Émilie ! s'exclame-t-il.

Il l'ouvre et reconnaît les pyjamas des jumeaux.

« Ils sont donc bien venus ici. Ils sont allés à Fort Boyard, mais comment ont-ils pu oublier leurs affaires ? Ce sac abandonné est plutôt inquiétant ! »

Damien laisse filer son regard vers le Fort, espérant voir une barque s'en détacher qui les ramènerait. Hormis quelques planches à voile qui filent sur l'eau, semblables à des ailerons de requins géants, la mer est vide.

Damien empoigne le sac et retourne chez lui, décidé à se rendre sur Fort Boyard.

Au même moment, à Fort Boyard, les jumeaux se morfondent dans leur cellule.

– Personne ne sait qu'on est là, marmonne Émilie. Je me demande comment on va se tirer de ce mauvais pas.

– Les jeux reprennent dans quelques jours, réagit Jérôme. Il suffira d'appeler au secours. On nous entendra sûrement.

– Hum, si Médusa nous a enfermés ici, c'est qu'elle ne craint pas qu'on puisse nous entendre.

– Oui, tu as sans doute raison, admet son frère d'une voix éteinte.

– Il ne reste que Damien pour nous venir en aide. Il doit savoir maintenant que nous ne sommes pas allés dormir chez des amis.

– Je lui ai dit que nous avions croisé Mathias dans le centre-ville, reprend Jérôme d'une voix gonflée d'espoir. Il se doutera peut-être que nous sommes ici. Surtout s'il trouve le sac !

Une lueur brasille au bout du tunnel. Un bruit de pas retentit. Des silhouettes émergent de l'ombre.

– Ce sont les deux cachalots de Médusa, prévient Jérôme qui s'est collé contre les barreaux.

Ils approchent en effet, l'un d'eux portant un plateau de nourriture.

– Recule ! ordonne Rorqual au garçon comme ils ouvrent la grille.

Jérôme s'éloigne de la grille. Narval entre et dépose le plateau au centre du cachot, il ressort, puis les deux hommes repartent.

– Ils ne sont pas très bavards, remarque Jérôme. Je me demande où Médusa est allée les pêcher.

– En tout cas ils sont prudents, reconnaît sa sœur. Venir à deux pour nous apporter ce... cette...

– Qu'est-ce que c'est ? grommelle Jérôme en s'approchant de sa sœur.

– Des algues ! s'exclame-t-elle. Ils nous ont apporté des algues bouillies !

Gris. Gris est le jour dans la cellule, comme les pensées, comme le temps qui s'écoule lentement. Jérôme et Émilie somnolent, les bras autour des jambes, le front sur les genoux.

– Bons amis, bons amis...

Émilie ouvre les yeux, relève la tête. D'abord elle ne distingue qu'une forme vague noyée dans la pénombre, puis une silhouette massive.

– Mathias ? crie-t-elle en se redressant d'un bond.

– Bons amis, Mathias vous a apporté Gédéon. Vous pouvez le caresser. Quand Mathias se sent seul et qu'il est triste, il caresse Gédéon. Gédéon prend alors la tristesse de Mathias, et il bâille pour l'expulser. Gédéon va bâiller pour vous, bons amis, bons amis.

– C'est une idée super, déclare Jérôme en se relevant. Donne-moi Gédéon, ajoute-t-il en passant la main entre les barreaux.

Mathias a un geste de recul. Jérôme lui sourit et caresse le chat qui ronronne de plaisir.

Mis en confiance, Mathias laisse Jérôme prendre délicatement Gédéon qu'il couve des yeux puis il colle son visage contre les barreaux en murmurant :

– Bons amis, bons amis, vous êtes des gentils, hein ?

– Bien sûr, répond Émilie tandis que Gédéon se love sur ses genoux. À présent, Mathias, tu vas aller chercher mon petit téléphone dans le laboratoire. Tante Médusa l'a rangé dans le tiroir de son bureau gris.

– Tu connais le bureau gris, Mathias ? questionne Jérôme.

– Oui, oui, mais Gédéon ? fait-il en tendant ses mains à travers les barreaux.

– Nous le gardons avec nous pour le protéger des abyssiens, précise Émilie. Nous te le rendrons quand tu m'auras remis mon téléphone. Il est rouge avec des paillettes.

– Il ne faut surtout pas que tante Médusa le sache ! ajoute Jérôme. Si elle te surprend dans le laboratoire, dis-lui que tu cherches Gédéon.

– Mais… problème, problème, réfléchit le Quasimodo en se grattant le crâne. Pourquoi Mathias irait-il chercher Gédéon là-bas puisqu'il est ici ?

– Écoute, Mathias, s'impatiente Jérôme en inspirant une grande goulée d'air pour se forcer au calme, c'est le petit téléphone rouge qu'il faut nous rapporter, sinon…

Émilie se hâte d'intervenir avant que son frère ne menace de lâcher Gédéon dans la cage aux fauves :

– Si tante Médusa ou l'un des deux méchants voient Gédéon dans le laboratoire, ils le jetteront dans le goulp ou le transformeront en maquereau à moustaches. Alors il faut y aller seul. Rapporte-moi mon téléphone, Mathias, et je te ferai écouter la jolie musique de la sonnerie. Nous allons bien nous occuper de Gédéon pendant que tu vas ouvrir le tiroir du bureau gris pour prendre…

– … la petite boîte à musique rouge.

– C'est ça, Mathias, confirme Jérôme. Maintenant vas-y ! Et sois prudent !

Mathias s'éloigne en trottinant, marmonnant des phrases qui se perdent dans l'épaisseur des murs.

– Tu crois qu'il réussira ? demande Émilie.

– En tout cas, il est notre seul espoir, souffle son frère.

Opération Gédéon

Tassé dans l'ombre près du laboratoire, Mathias attend. Tante Médusa et ses deux acolytes sont à l'intérieur et ils ne semblent pas vouloir ressortir.

Le Quasimodo pense à Gédéon : s'il s'échappe, il risque de s'égarer du côté des tigres ou de tomber dans la fosse aux serpents et alors aïe, aïe, aïe !

« Mathias doit entrer dans le laboratoire. Mathias doit trouver la petite boîte rouge et la rapporter à ses bons amis.

Mathias doit faire vite, mais si Mathias est pris, il finira dans une mer d'algues vertes, gluantes comme des serpents-limaces. »

Il inspire à fond, approche de la porte, pose la main sur la poignée avec l'impression que les battements de son cœur sont autant de coups frappés contre l'huis. Et ouvre.

Tante Médusa et ses deux comparses lui tournent le dos. Elle est plantée devant l'aquarium et observe les méduses. L'une d'elles donne l'impression de vouloir communiquer, répétant inlassablement le même manège que Médusa prend pour un signe d'affection.

– C'est étrange, rumine-t-elle en se grattant le menton. Cette bête a quelque chose d'humain. Regardez, dit-elle aux deux hommes. Ne croirait-on pas qu'elle porte un tatouage sur un de ses tentacules ? Mon frère Blaise en avait un sur son bras, lui aussi.

Narval et Rorqual s'approchent de la paroi et inspectent la dizaine de tentacules qui s'agitent sous le dôme translucide.

Mathias a la gorge sèche. S'ils se retournent et le découvrent, comment expliquera-t-il sa présence ?

Ses yeux se fixent sur le bureau gris et y restent rivés. Le meuble n'est qu'à quelques mètres de lui. Agir dans le dos de tante Médusa ! Cette pensée le fige sur place. Pourtant il doit le faire pour l'amour de son chat.

« Tante Médusa est méchante, se répète-t-il pour se convaincre. Elle a jeté les bons amis de Mathias dans un goulp, et Mathias doit leur rapporter la petite musique rouge. »

Enfin, le Quasimodo se hasarde dans le laboratoire et va se plaquer contre le bureau gris. Il glisse un doigt dans la poignée du tiroir et le tire doucement à lui.

– J'ai envie de lui donner un nom, poursuit Médusa en fixant le céphalopode qui vient de s'entortiller les tentacules à force de montrer le convertisseur de molécules. Pourquoi pas Blaise en souvenir de mon frère ? Je trouve qu'elle lui ressemble : il y a un je ne sais quoi de lui dans cette façon de s'agiter. Par ailleurs, les choses se présentent bien, se réjouit-elle. Toutes les connexions sont établies avec le bassin expérimental. Quand les ordinateurs auront digéré les nouvelles données, une sonnerie se déclenchera et je n'aurai plus qu'à enfoncer le bouton vert. Alors la grande expérience pourra commencer, et tout corps plongé dans le bassin se métamorphosera en...

Elle se tait tout à coup. L'image de Mathias vient de se refléter dans la paroi de verre. Elle pivote et se retrouve face à son neveu qui a entrouvert le tiroir.

– Qu'est-ce que tu fais là ? s'écrie-t-elle.

Saisi de peur, Mathias repousse le tiroir avec sa cuisse et prend un air misérable.

– Mathias... Mathias... Mathias... bafouille-t-il.

– Eh bien ? lance Médusa, les deux autres tenant le Quasimodo sous leur regard de prédateur.

– Ma... Mathias s'est assis sur le bureau gris pour suivre le travail de tante Médusa, explique-t-il, lui-même surpris par son audace. Et... et...

– Et quoi ? tonne-t-elle.

– Et Mathias s'est coincé le doigt dans le... dans la... dans la poignée du tiroir. Mathias ne peut quand même pas partir avec ça pendu à son doigt, se désole-t-il en désignant le bureau.

– Tsss ! siffle tante Médusa en allant s'asseoir devant un ordinateur pendant que ses deux sbires éclatent de rire. Dégage-le et fiche-le dehors ! jette-t-elle à Rorqual.

Voyant l'homme approcher, Mathias tortille son doigt et réussit enfin à le décoincer.

– Mathias s'en va, Mathias s'en va, dit-il, craignant que le bonhomme l'éjecte sans ménagement.

Rorqual le suit avec méfiance puis il claque la porte une fois Mathias sorti du laboratoire.

– Quel idiot ! mâchonne-t-il en rejoignant sa patronne.

Mathias attend d'avoir tourné à l'angle de la galerie et pouffe de rire.

– Krrr, krrr, krrr ! Mathias est malin, Mathias a pris la petite boîte rouge avec son autre main pendant que les méchants se moquaient de Mathias et le masquaient aux yeux de tante Médusa. Mathias est rapide et malin. Oh oui, oh oui !

Émilie et Jérôme le voient revenir tout fringant.

– Bons amis, bons amis, jubile-t-il. Vous pouvez rendre Gédéon à Mathias. Mathias a la petite musique rouge.

Les jumeaux se précipitent vers la grille. Émilie récupère son portable tandis que Mathias saisit son chat. Elle compose immédiatement le numéro de Damien, mais les mots « Pas de réseau » s'affichent à l'écran.

– Je m'en doutais, soupire-t-elle, la communication ne passe pas.

– Mathias peut téléphoner, lui! s'écrie son frère. Il suffit qu'il grimpe sur le chemin de ronde.

– Mathias veut écouter la jolie musique, rappelle le Quasimodo en collant son visage contre les barreaux.

– Je vais d'abord t'apprendre à téléphoner, regarde!

Elle lui tend son portable.

– Ho, ho, petit laboratoire! s'émerveille Mathias en découvrant les touches et l'écran. Un, deux, trois, quatre, un, deux, trois, quatre.

– N'appuie pas n'importe où, recommande Jérôme comme Mathias commence à tapoter sur les touches. Écoute les explications de ma sœur!

Émilie lui montre où appuyer pour appeler Damien.

– Un, deux, trois, quatre, un, deux, trois, quatre! répète Mathias.

— Non, non, pas un, deux, trois, quatre !

— Mathias veut entendre la jolie musique.

— Il ne comprend pas, se lamente Jérôme. On n'y arrivera jamais.

— J'ai une autre idée, le rassure Émilie. Mathias, je te donne la petite boîte. C'est un cadeau pour toi, décrète-t-elle en déposant le portable dans sa main et en refermant ses doigts par-dessus.

— La petite musique est à Mathias ? s'étonne le Quasimodo, rayonnant.

— Elle est à toi si tu fais exactement ce que je dis. Pour l'entendre, il faut monter en haut du Fort...

— Avec les mouettes ?

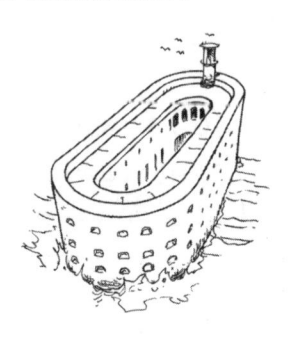

– Avec les mouettes, confirme Émilie. Et il te suffira d'attendre. La petite musique se met en marche toute seule.

– Mathias a compris, Mathias a compris! s'exclame-t-il en sautillant de joie.

– Quand la jolie musique retentira, poursuit Émilie, tu appuieras sur le bouton vert. Une voix te parlera et tu répondras à ses questions.

– N'oublie pas de donner ton nom et de préciser que tu es à Fort Boyard! lui recommande Jérôme. Et n'appuie surtout pas sur le bouton rouge, cela couperait la communication!

– Si Mathias parle, est-ce que cela arrêtera la musique?

– Oui, mais elle jouera de nouveau après.

– Cache bien ton cadeau, ajoute Émilie. Si tante Médusa ou ses affreux abyssiens te surprennent avec la petite boîte, ils te la prendront. Tu n'auras plus de petite musique et tu seras jeté dans le goulp.

– Non, non, pas dans le goulp! s'effraie Mathias en s'abritant derrière son bras. Qui s'occuperait de Gédéon?

– Ahyallo! Ahyallo! claironne le Quasimodo en courant sur le chemin de ronde, le portable brandi tel un trophée.

Il s'arrête par moments, essoufflé, porte le téléphone à son oreille et appelle la jolie musique.

Il s'approche du double câble tendu au-dessus de l'alphabet géant, le pince comme s'il s'agissait de la corde d'une harpe et se met à chanter.

– Qu'est-ce que tu fabriques? grince une voix dans son dos.

De frayeur, Mathias manque lâcher le téléphone. Descendu de la Tour de Verre, Narval vient droit sur lui.

– Ne touche à rien ! gronde l'homme. Si tu casses quelque chose et qu'il y a un accident au cours des épreuves, la police va s'amener ici.

Serrant le portable de toutes ses forces, craignant que l'autre s'aperçoive de son trouble, Mathias s'éloigne avec une mine de conspirateur.

– S'il ne tenait qu'à moi, voilà un moment que j'aurais flanqué ce lascar à la mer, marmonne Narval en le suivant d'un œil aiguisé. Qu'est-ce qu'il cache dans sa main ?

Il s'apprête à le rappeler puis se ravise et conclut dans un haussement d'épaules :

– Bah, qu'est-ce qu'il peut ramasser ici à part les crottes de son chat ?

Mathias court s'isoler à l'autre bout du Fort. Il a eu très peur et son cœur bat encore la chamade.

– C'est le cadeau des bons amis, ron-ronne-t-il en parlant à Gédéon.

Il s'assoit face à la mer et dépose le téléphone entre ses pieds. Gédéon se frotte contre ses jambes, le Quasimodo l'attrape et l'installe sur ses genoux.

– La jolie musique va sortir de la boîte, assure-t-il à son chat. Alors Mathias enfoncera le bouton vert. La musique et le bouton vert. La musique et le bouton vert. Mathias a tout compris. Tout compris.

De temps à autre, il fait de grands moulinets pour chasser les mouettes qui viennent tourner autour de lui. Il caresse Gédéon, passant et repassant sa main sur l'arche de son dos soyeux. Et soudain des notes s'échappent du portable.

Claires et fraîches comme une cascade. Légères comme un ruban de vent. Belles comme... comme...

– Les premières fleurs du printemps, souffle Mathias, des perles brillantes au coin des yeux.

Il demeure là, envoûté, immobile, laissant les notes cristallines rebondir en lui... Puis tout cesse.

– Oups ! fait-il en se décidant enfin à tendre la main. Problème, problème...

Damien à la rescousse

Damien a attendu toute la journée le retour de Jérôme et d'Émilie, espérant qu'ils allaient rentrer pour dîner, mais à présent l'inquiétude le ronge. Posté sur la plage, il scrute Fort Boyard avec ses jumelles, mais il n'y décèle aucun mouvement.

Il est maintenant certain que quelque chose de louche se trame là-bas…

L'oncle Blaise serait-il réapparu ? Retiendrait-il les jumeaux prisonniers ?

Il décide de rentrer préparer son matériel et s'efforce d'attendre la nuit pour ne pas se faire repérer du Fort.

Les toits et les rues s'enténèbrent de bleu et les lampadaires allument leur tête jaune au bout de leur long cou. Les façades se parent de brillances, les vitrines de lumières feutrées, parfois criardes, et les ruelles s'imprègnent de fraîcheur.

Dans sa chambre, Damien vérifie son matériel : sa corde, sa lampe torche, son canif. Son portable est bien chargé. Il laisse en évidence un message à l'intention de ses parents, au cas où...

L'instant d'après, il longe le chenal de la Perrotine, repère un alignement de barques, jette un œil circulaire afin de s'assurer que personne ne l'observe, grimpe dans une embarcation, la détache et se dirige vers la mer à coups énergiques d'avirons. Lorsqu'il atteint Fort Boyard, il s'amarre au quai et s'approche du mur d'escalade, une épreuve redoutée par les candidats de la chasse au trésor.

Choisissant bien ses prises, Damien se hisse lentement tandis que la marée montante pousse des vagues chuintantes au pied de la forteresse. Il atteint une ouverture qui donne sur une pièce et s'y faufile. L'endroit contient du matériel d'escalade et il est fermé par une porte que Damien a tôt fait d'ouvrir en glissant la lame de son canif entre la porte et le mur, soulevant le loqueteau. Une fois dans la galerie qui surplombe la cour, il appelle sa sœur sur son portable.

Affalé dans la Tour de Verre, le chat sur ses jambes, Mathias se laisse griser par l'infini miroitement du ciel et de l'eau, les étoiles ayant saupoudré leur poussière de lumière sur la mer, quand le téléphone sonne dans sa poche.

– Ah! tressaille-t-il comme s'il venait d'être happé par un requin.

Mais son effarement fait très vite place au ravissement. Il sort le portable et le couve des yeux en le gardant dans sa paume ouverte, tel un coquillage...

– Jolie musique, jolie musique, savoure-t-il.

Il bat la mesure, index tendu.

– Oh! fait-il, se rappelant tout à coup les consignes d'Émilie. Il faut appuyer sur le bouton vert.

Il enfonce la touche verte. La sonnerie cesse aussitôt et une voix retentit :

– Émilie ? Émilie ? C'est toi, Émilie ? Allô ?

– Ahyallo! Ahyallo!

— Oui, allô ! Qui est à l'appareil ? insiste Damien, étonné de ne pas entendre la voix de sa sœur.

— Ahyallo !

— Vous avez trouvé ce portable ? Qui êtes-vous ? Quel est votre nom ? C'est très important. Veuillez répondre, s'il vous plaît ! Je suis Damien, le frère d'Émilie à qui appartient ce...

— Damien, Jérôme, Émilie, bons amis, bons amis ! se réjouit le Quasimodo. Jérôme et Émilie ont caressé Gédéon, ils vont bien maintenant.

— Mathias ? s'écrie Damien.

— Krrr, krrr, krrr !

— Est-ce qu'Émilie et Jérôme sont avec toi ? Peux-tu me les passer ?

– Tante Médusa a jeté les bons amis de Mathias dans un goulp, confie le Quasimodo. Heureusement, Mathias a pu leur passer Gédéon pour...

– Où sont-ils ? Où sont Jérôme et Émilie ? Qui est cette tante Médusa ? Pourquoi les a-t-elle enfermés ?

– Ooohhh ! gémit Mathias en portant la main à son front, écrasé sous le flot des questions.

Il secoue l'appareil pour démêler tous les mots.

– Allô, Mathias, allô ? s'inquiète Damien qui ne reçoit plus de réponse.

– Ahyallo ! Ahyallo ! crie le Quasimodo. Mathias voudrait de nouveau écouter la jolie musique.

– Où sont mon frère et ma sœur ?

– La-la-la, la-la-la ! fredonne Mathias en battant la mesure de la main.

– Mathias ! rugit Damien, hors de lui. Où sont Jérôme et Émilie ?

Un silence atterré lui répond. Mathias regarde le portable comme s'il était devenu une bête dangereuse.

– Où es-tu, Mathias ? reprend Damien d'une voix douce. Dis-le-moi, je viendrai te voir et nous parlerons de Jérôme et d'Émilie.

Le Quasimodo hésite. Il entend bien des mots sortir de l'appareil, mais il ne se décide pas à l'approcher de son oreille.

– Méchant, méchant, marmonne-t-il. Le petit laboratoire crie sur Mathias. Mathias veut la jolie musique, pas les cris.

Et il appuie sur le bouton rouge.

– Il a raccroché, fulmine Damien.

Il appelle à nouveau, soupire d'impatience car la sonnerie se prolonge sans que Mathias décroche. Assis, le dos appuyé contre la rambarde qui ceinture l'escalier en colimaçon de la Tour de Verre, Mathias écoute la petite musique de nuit.

– Il refuse de répondre ! peste Damien.

Il éteint son portable, le range dans sa poche et, de rage, il hurle :

– Mathias ! Où es-tu ?

Soudain, une main surgie du noir s'abat sur son épaule.

La toile d'araignée

– Mathias ? hoquette Damien en se retournant.

Ce n'est pas Mathias mais Rorqual qui lui serre l'épaule à la broyer.

– Au goulp avec les autres ! ricane l'homme en l'entraînant à sa suite. Au goulp !

La réaction de Damien est fulgurante. Il lui décoche un coup de pied et le repousse. Surpris par l'attaque, Rorqual le lâche, recule en titubant.

Il se ressaisit très vite et tente d'attraper Damien qui s'enfuit le long de la galerie, saute une volée de marches, se jette dans un escalier en colimaçon et débouche dans la galerie inférieure.

– Je t'aurai ! grogne Rorqual. Et je te plongerai moi-même dans le bouillon.

Damien s'élance dans la galerie à toutes jambes. Si Rorqual a perdu un peu de terrain dans l'escalier, il reprend l'avantage dans la ligne droite, et Damien entend sonner ses pas derrière lui. Il s'attend à être crocheté à chaque seconde. Une enfilade de portes s'étire sur sa droite, certaines flanquées d'une clepsydre.

Risquant le tout pour le tout, il ouvre la première porte qui s'offre à lui, la rabat au nez de son poursuivant et s'y adosse.

C'est le noir, le noir total. Il tâtonne et trouve l'interrupteur. La salle s'éclaire. Un entrelacs de cordes et de filets est tendu en travers de la pièce.

« C'est la toile d'araignée, comprend Damien qui se souvient de l'épreuve pour l'avoir regardée à la télévision. J'ai une chance de m'en tirer. » Il gonfle ses poumons puis se précipite vers les cordages. Rorqual se rue dans la pièce et voit le fuyard grimper le long d'un hauban.

– Si tu crois m'échapper en te réfugiant là-haut ! grince-t-il.

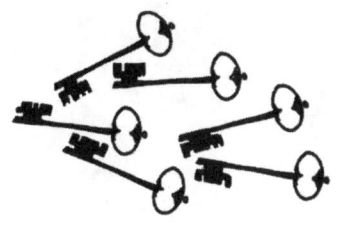

Il se précipite à la suite de Damien, essayant de le saisir par une cheville, mais celui-ci a déjà atteint la voûte et se laisse retomber de l'autre côté sur un tapis suspendu constitué de cordes. Il se rétablit de justesse et se faufile dans une nasse alors qu'un déclic se fait entendre.

« Ça y est, pense-t-il, le compte à rebours s'est mis en route. À moi de ne pas me laisser piéger ! »

Rorqual saute à son tour à pieds joints sur le tapis et s'y enfonce jusqu'à l'aine, les deux jambes coincées dans les mailles.

– Par les écailles de Neptune ! jure-t-il, rouge de fureur.

Il essaie de se dégager quand il discerne enfin le bruit régulier d'un mécanisme. Il lève les yeux et constate que le plafond s'abaisse. Il lâche une bordée d'insultes.

De son côté, Damien peine à s'extirper de la nasse car son sac à dos le gêne.

« Le plafond est arrivé à la hauteur de la porte, observe-t-il. Lorsqu'il atteindra l'interrupteur, il ne me restera que dix secondes pour sortir de la salle. »

Quand il réussit enfin à s'extraire de la nasse, il tombe dans un grand filet aux mailles très larges dans lesquelles il s'enfonce. Se rappelant la méthode d'un candidat qui est parvenu à s'emparer de la clé et à ressortir à temps, il s'étend de tout son long et progresse en rampant.

La lumière faiblit d'un coup, la dalle n'est plus qu'à vingt centimètres de l'interrupteur. Rorqual est toujours au milieu de la nasse. Il panique, crache des mots de colère qui crissent sous ses dents comme des graviers.

Tac! Le plafond vient de toucher l'interrupteur, plongeant la pièce dans le noir. Une veilleuse s'allume alors au ras du sol, découvrant un passage entre les cordages.

– Dix ! compte Damien en s'agrippant à une corde.

– Neuf !

Il grimpe, se force au calme, frôle le plafond...

– Huit ! Sept !

... bascule de l'autre côté du filet...

– Six !

... tombe sur le flanc, se relève, une douleur au côté...

– Cinq !

... se rue vers la trouée dans le filet, au ras du sol...

– Quatre !

... la franchit...

– Trois !

... empoigne le petit bouton serti dans le bas de la porte, le pousse.

– Deux !

Il dégage une ouverture, il plonge...

– Un !

... se reçoit à l'extérieur et n'a que le temps de ramener ses jambes à lui...

– Zéro !

... avant que la trappe ne se referme. Le plafond s'est arrêté à quelques centimètres de Rorqual, prisonnier, telle une mouche engluée dans une toile d'araignée. Il hurle à pleins poumons.

– Je l'ai eu, triomphe Damien, je l'ai eu !

Il inspire à fond, plusieurs fois, pour apaiser les battements de son cœur.

– Maintenant, murmure-t-il, je dois absolument trouver Mathias.

Il plonge la main dans son sac, en retire la torche électrique, l'allume et promène le faisceau sur les portes et les murs.

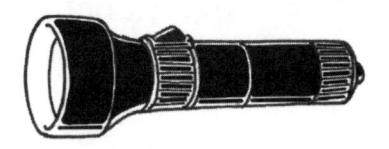

Mathias, qui paresse toujours dans la Tour de Verre, voit soudain un reflet s'étaler sur les baies vitrées. Il se relève d'un bond. En bas, sur le chemin de ronde, une lumière se déplace.

– Bonne lumière, bonne lumière, exulte-t-il. Mathias veut la bonne lumière. Elle est un soleil dans la nuit et Mathias pourra se guider dans le noir comme s'il avait les yeux de Gédéon.

Il fauche son chat d'un revers de la main, l'installe sous son bras, descend rapidement l'escalier en spirale, sort de la Tour et court vers la lumière.

– Regarde, Gédéon, le petit soleil vient vers nous.

Enveloppé de lumière, Mathias sautille de joie.

– Eh bien Mathias, je vous tiens enfin ! lance une voix, le figeant net.

L'évasion

Émilie est assise contre le mur tandis que son frère est allongé sur sa couchette. Hormis une toute petite lumière rouge qui éclaire faiblement la geôle, l'obscurité est totale dans le souterrain.

Mathias n'est pas revenu, ils ignorent donc s'il a reçu un appel.

– Il faut qu'on s'échappe à tout prix, s'énerve Jérôme. Si Damien n'a pas téléphoné, personne ne sait que nous sommes retenus dans le Fort. Je n'ai pas envie de finir en méduse dans le bassin de cette folle.

– Moi non plus. La seule façon de sortir d'ici, c'est par cette grille. Or elle ne s'ouvre que lorsque les deux cachalots nous apportent à manger. Mais que pouvons-nous faire contre eux? Si encore il n'y en avait qu'un...

Dans le silence qui s'ensuit, les jumeaux cherchent un moyen de piéger leur geôlier.

– Je ne vois qu'une solution, finit par dire Jérôme.

Et il expose son idée à sa sœur.

– C'est d'accord. Nous n'avons plus qu'à attendre.

Émilie pousse un profond soupir, ramène ses jambes contre sa poitrine et pose son front sur ses genoux. Tout à coup, les lampes du tunnel s'allument.

– C'est Mathias? questionne Émilie comme son frère bondit de la couchette et s'approche de la grille.

– Non, souffle Jérôme, déçu. C'est Narval qui fait sa ronde. Il est seul.

– Seul ? Mais alors…

L'échange d'un regard suffit à les décider. Vite, ils appliquent le plan qu'ils ont envisagé.

– Au secours, venez vite ! appelle Jérôme en secouant la grille. Venez vite, je vous en supplie !

Narval fronce les sourcils. Que lui veut le jeune freluquet ? Plus étonné qu'alarmé, il approche et découvre Émilie étendue sur le sol.

– Qu'est-ce qu'elle a ? demande-t-il.

– Elle s'est plaint d'avoir mal au ventre et puis elle est tombée. Je suis sûr qu'elle s'est empoisonnée ! s'écrie Jérôme d'une voix paniquée.

– Je vous ai apporté le même repas à tous les deux, or tu n'es pas malade, toi !

– Émilie est allergique à certains aliments. Votre patronne a bien des médicaments, non ?

– Je ne vais pas déranger Médusa si la gosse n'a rien de sérieux. Recule-toi contre le mur, que je me rende compte de son état !

Jérôme obéit. Narval ouvre la grille, entre, referme derrière lui et se dirige vers Émilie. Il se penche, pose ses clés, la saisit aux épaules et la retourne. À cet instant, Jérôme abat de toutes ses forces la cruche d'eau sur le crâne de Narval, la brisant net. L'homme s'affale sur le ventre, à moitié assommé.

– Vite ! s'écrie Émilie en ramassant les clés. Sortons d'ici avant qu'il se réveille !

Ils courent vers la grille, cherchent la bonne clé... Au troisième essai, une clé s'enfonce dans la serrure mais elle ne tourne pas.

— Ce n'est pas celle-là ! s'exclame Jérôme.

Émilie introduit une autre clé avec des gestes fébriles.

— Ce n'est pas encore la bonne !

L'homme se relève, chancelant. Enfin, Émilie parvient à ouvrir la porte.

— Maudits frelons ! rage Narval, sa tête sonnant comme un tambour que l'on martèle.

Il titube vers la grille.

— Restez ici, crie-t-il, ou la colère de Médusa sera terrible !

Jérôme et Émilie s'empressent de sortir, claquent la grille et la referment à clé, puis ils arrachent le trousseau de la serrure et se reculent à temps pour éviter les bras puissants de Narval jaillis entre les barreaux.

– C'est pour vous qu'elle sera terrible, requin stupide ! lance Jérôme.

– Un narval est un cétacé, pas un poisson, le corrige sa sœur. Tout comme un rorqual d'ailleurs.

L'homme hurle et secoue la grille.

– Inutile de crier, personne ne peut vous entendre, lui rappelle Jérôme en s'éloignant dans la galerie.

Les jumeaux s'immobilisent quand ils arrivent à un croisement de souterrains.

– Tu crois qu'on est arrivés par là ? demande Jérôme en désignant un tunnel balisé d'ampoules électriques.

– Oui, j'en suis sûre.

– On devrait plutôt suivre un des tunnels non éclairés, à droite, suggère Jérôme. Tout ce qui est allumé doit mener vers le labo.

Émilie acquiesce et ils s'engagent à tâtons dans le noir d'un boyau.

Pendant ce temps, sur le chemin de ronde, Damien vient de téléphoner à la police.

L'agent de garde a longtemps hésité avant de lui permettre de contacter l'inspecteur qui s'était chargé de l'enquête à Fort Boyard, lors de la première affaire, et le policier lui-même n'a pas été facile à convaincre, mais il a finalement accepté de se déplacer en pleine nuit.

– Bien, en attendant l'arrivée de la police, conduis-moi auprès de Jérôme et d'Émilie, ordonne le frère des jumeaux à Mathias.

– Les bons amis de Mathias vont pouvoir caresser à nouveau Gédéon, se réjouit le Quasimodo qui tient la lampe et éclaire devant eux. Ils vont être contents. Ils passeront sûrement une meilleure nuit.

– Ils en passeront une bien meilleure si je parviens à les délivrer, tranche Damien.

Ils rejoignent la galerie qui mène à la cellule. Quand Narval reconnaît la voix de Mathias, il frappe contre la grille et le hèle. Damien retient le Quasimodo de s'élancer vers lui.

– Je ne comprends pas, chuchote-t-il. Tu m'as affirmé que mon frère et ma sœur étaient enfermés ici. M'aurais-tu conduit dans un piège, Mathias ?

– Non, non. Mathias ne comprend pas.

– Qui est avec toi, Mathias ? demande Narval. C'est Rorqual ? Dépêchez-vous de me sortir d'ici ! Les gosses ont réussi à s'enfuir et ils ont emporté les clés !

– Mathias est content que Narval soit prisonnier. Krrr, krrr, krrr ! Mais il ne faut pas le dire à tante Médusa, poursuit-il en baissant la voix et en regardant autour de lui, parce qu'elle punirait Mathias. Méchante tante Médusa.

– Partons, dit Damien en entraînant Mathias.

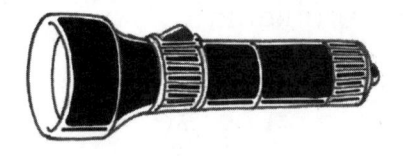

Parvenu à un croisement de souterrains, il s'immobilise.

– Prenons le souterrain éclairé, décide-t-il.

– On arrivera près de la cour de l'alphabet, déclare Mathias. Là où Tigrella a laissé ses tigres pour qu'ils se dégourdissent les pattes.

– Mathias ! Mathias ! hurle Narval. Va prévenir tante Médusa ! Si tu nous trahis, tu finiras au goulp !

Comme le Quasimodo frissonne et s'arrête, Damien l'empoigne par le bras et le force à avancer.

– Ne l'écoute pas!

– Pourvu que les bons amis de Mathias n'aient pas suivi cette galerie, murmure Mathias en montrant une trouée noire qui s'ouvre à leur droite, parce que sinon, problème, problème!

Jérôme et Émilie progressent lentement en tâtonnant dans l'obscurité.

– Ça doit être bourré de pièges, murmure Émilie. Comme dans les pyramides.

La galerie forme un coude puis remonte en pente douce.

– Qu'est-ce qu'on fera une fois dehors ? interroge Émilie. On ne va pas rentrer à la nage, tout de même !

– On se cachera dans une des salles d'épreuves.

– Médusa et ses affreux nous trouveront.

– Nous bloquerons la porte. Les jeux recommencent dans quelques jours. À ce moment-là, Médusa et ses deux gardes du corps n'oseront plus mettre le nez dehors. Les techniciens ou les candidats nous découvriront.

– Il vaudrait mieux retrouver Mathias, juge Émilie. Il a mon portable. On pourra appeler Damien.

– Tu as raison. J'espère seulement qu'il n'est pas retourné auprès de Médusa.

Ils gravissent une série de marches puis se heurtent à un pan de mur.

– Tout ce chemin pour nous écraser le nez contre un mur ! s'emporte Jérôme.

Quelle poisse ! Bon, ben, on n'a plus qu'à retourner sur nos pas et à choisir un autre tunnel.

– Attends. Cet escalier doit se poursuivre derrière le mur. Essayons de le faire coulisser.

Les jumeaux cherchent un mécanisme d'ouverture.

– Rien ! se lamente Jérôme après avoir promené ses mains sur toute la surface.

Émilie explore des doigts le linteau. Soudain elle effleure une aspérité.

– J'ai trouvé !

Elle l'enfonce. Un bruit sourd tombe de la voûte, pareil à un raclement de chaînes, puis le mur pivote. Un air frais leur saute au visage et une lumière d'étoiles se découpe dans un rectangle de ciel.

– On a réussi! s'écrie Émilie.

Ils avancent de quelques pas tandis que le mur se referme derrière eux.

Un rugissement éclate alors à leurs oreilles. Des ombres souples et menaçantes se lèvent et s'approchent en feulant.

– Les... les tigres! s'affole Jérôme. Nous sommes dans la cage des tigres!

Dans l'antre des tigres

La gorge serrée, le cœur battant à un rythme fou, les jumeaux tremblent sur leurs jambes. Trois tigres se dressent devant eux. Ils manquent s'évanouir lorsqu'une bête vient se frotter contre une grille à moins de deux mètres d'eux.

Contre une grille ? Jérôme soupire de soulagement.

– On ne risque rien. Les tigres sont de l'autre côté de la grille. On ne la voit pas parce qu'il fait nuit.

Un tigre se laisse tomber contre la grille, la faisant vibrer sous son poids.

– Il... il faut faire pivoter le mur de nouveau, articule Émilie. Je veux sortir d'ici.

Jérôme passe ses doigts sous le linteau mais le pan de mur reste immobile.

– On va devoir attendre que Tigrella vienne s'occuper de ses bêtes, soupire-t-il.

Les deux autres tigres se sont éloignés. Leurs silhouettes se déplacent sur des dalles qui accrochent d'étranges reflets de lune.

– Je sais où on est! s'exclame Jérôme en distinguant des lettres gravées sur les dalles. On est dans la cour de l'alphabet!

– Il y a même la cage à roulettes, ajoute Émilie, dans laquelle le candidat traverse la cour au milieu des tigres.

Du pied, elle donne un petit coup dans la cage rangée contre le mur. Aussitôt le tigre appuyé contre la grille tourne la tête vers elle et mordille les barreaux.

– On est coincés, poursuit Émilie. Si Médusa nous découvre, elle nous jettera dans le bassin et on sera transformés en méduses.

Découragés, ils s'assoient sur la cage, la tête dans les mains. Les tigres s'agitent tout à coup. La nuit résonne d'une suite de feulements. Émilie agrippe son frère par le bras.

– Quelque chose a dérangé les fauves. Regarde, il y a une lumière qui fouille l'obscurité. C'est Médusa et ses hommes !

Les jumeaux se reculent et s'accroupissent contre le mur pour se fondre dans l'ombre.

– Jérôme ! Émilie ! appelle une voix. Où êtes-vous ? C'est Damien ! Damien et Mathias !

– Da... Damien ? répète Jérôme.

Le faisceau de lumière se promène sur le sol de la cour, agaçant les trois tigres qui lancent des coups de griffes contre la grille située à l'autre extrémité, là où entrent les candidats pour aller récupérer les boyards, là où se tiennent Damien et Mathias.

– C'est peut-être un piège ! souffle Émilie.

– Mais non ! C'est la voix de Damien, j'en suis sûr. Nous sommes là ! Nous sommes là ! crie Jérôme en passant la tête entre les barreaux.

Sa sœur le tire en arrière en voyant une longue silhouette foncer à travers la cour. Le félin paraît vouloir bondir sur eux mais il s'arrête à un mètre, se contentant de rugir.

– Les bons amis de Mathias sont sur la boîte à saucisses, annonce Mathias en pointant sa lampe torche sur les jumeaux. C'est comme ça que Mathias appelle la cage qui passe au milieu des tigres, krrr, krrr, krrr !

Damien prend la lampe des mains de Mathias.

– Bonne lumière, bonne lumière, la bonne lumière est à Mathias ! s'insurge le Quasimodo en tentant de la récupérer.

– Je vais te la rendre, mais laisse-moi d'abord vérifier s'il y a une ouverture dans cette grille.

– Elle se lève toute seule, dit Mathias. Et alors les joueurs vont se placer sur les lettres pour faire tomber les boyards du ciel. Une vraie pluie d'or, krrr, krrr, krrr !

– Là, près du mur, il y a un portillon fermé par un verrou ! annonce Damien en l'éclairant.

La lumière dévoile aussi deux yeux brillants et la gueule grimaçante d'un tigre qui les observe.

– Émilie ! Jérôme ! J'ai trouvé le moyen de vous tirer de là ! clame Damien. Écoutez bien ! Vous allez entrer dans la cage à roulettes, franchir la chatière et traverser la cour de l'alphabet jusqu'à nous.

– Pénétrer dans la cour où se baladent les tigres ? s'étrangle Émilie.

– Damien a raison. Il n'y a jamais eu le moindre accident avec les tigres au cours des émissions, rappelle Jérôme.

– Oui, mais Tigrella la dompteuse était présente.

– Les tigres ont l'habitude, ils vont se croire en plein jeu.

– Je n'ai pas envie d'être le jouet d'un tigre, grommelle Émilie. Damien, tu peux retenir les bêtes de ton côté ?

– Je vais essayer, répond Damien. Mathias, montre le chat aux tigres.

— Hein ? frémit le Quasimodo, outré. Gédéon n'est pas une saucisse !

— Je ne te demande pas de leur jeter le chat en pâture. Montre-le-leur, c'est tout ! Attire-les loin des jumeaux ! Allons Mathias, il faut aider tes bons amis !

Mathias accepte d'obéir à contrecœur.

— Attention aux coups de griffes ! l'avertit Damien.

— Mathias n'est pas fou, Mathias ne va pas se coller sous les pattes des tigres.

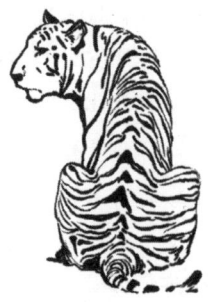

Jérôme et Émilie ont placé la cage à roulettes contre la grille, juste devant la grande chatière fermée par un verrou. Ils y prennent place, à quatre pattes, puis le garçon tire le loquet.

– Ne laisse surtout pas dépasser un pied, recommande Jérôme à sa sœur.

– Les barreaux me font mal aux genoux et puis… j'ai très peur.

– Moi aussi, confesse son frère, mais je sais qu'on y arrivera. C'est à nous de gagner aujourd'hui ! Allez, on y va !

Passant les mains à travers les barreaux, les jumeaux font avancer la cage en prenant appui sur le sol. Sous la poussée, le portillon s'ouvre, et la boîte à saucisses pénètre dans la cour de l'alphabet. Pour diriger son frère et sa sœur, Damien braque sa lampe devant eux, leur traçant un chemin lumineux.

– C'est bien, c'est bien, les encourage-t-il.

Mais la lumière attire aussi les tigres qui, las de gronder devant Mathias et son chat, reportent leur attention sur la cage arrivée au milieu de la cour. Deux d'entre eux vont tourner autour des jumeaux.

Le troisième félin se campe devant Damien, fasciné par la lumière qu'il tient à la main. Émilie et Jérôme sont figés par la peur quand une bête vient les renifler et leur souffle son haleine fétide en plein visage.

– Allez! crie Damien. Allez!

– Les tigres s'amusent, constate Mathias en voyant un félin sauter sur la boîte à saucisses et s'y asseoir. Ils sont comme Gédéon, krrr, krrr, krrr.

La bête trône un bref instant sur la cage, cherchant à passer sa patte entre les barreaux, puis elle roule un son de fond de gorge, redescend, s'appuie contre la cage et la renverse d'une seule poussée. Les jumeaux culbutent, rentrent la tête dans les épaules et n'osent plus bouger.

Satisfait, le fauve lâche un rauquement de victoire et va se coucher à quelques pas.

– Bons amis, bons amis, s'apitoie Mathias, problème, problème…

– Il n'y a qu'une façon de le régler, ce problème, grogne Damien. Prends la lampe, Mathias !

– Bonne lumière, bonne lumière !

– C'est ça. Et éclaire-moi !

Il sort la corde de son sac à dos et l'envoie à travers les barreaux. Elle tombe devant le tigre qui, d'instinct, prend une attitude défensive, le corps tendu, les griffes sorties et les crocs découverts.

– Attire-le plus loin avec Gédéon ! ordonne Damien à Mathias en ramenant la corde.

Mais Mathias refuse, arguant que son chat n'est pas un appât pour les tigres.

– Alors va donner des coups de pied dans la grille ! s'emporte Damien. Il faut que cette bestiole se retire du passage.

Mathias va décocher deux, trois coups de pied contre un barreau. Le tigre répond par un rugissement puis il choisit de s'éloigner et s'affale près de ses congénères.

Damien reprend son lancer. Au troisième essai, la corde atteint enfin la cage.

– Fixez la corde aux barreaux ! recommande Damien aux jumeaux. Je vais vous tirer jusqu'au portillon.

Ils attrapent la corde, l'enroulent autour de la grille et l'enserrent fermement entre leurs mains.

Aidé par Mathias, Damien traîne la cage sur le sol. La bête étendue près des jumeaux se redresse et fouette l'air de sa queue.

Curieuse, elle suit des yeux l'étrange spectacle jusqu'à ce que la cage parvienne devant le portillon. Alors elle se détourne, se couche sur le flanc et exhale un énorme soupir.

– Nous y sommes, nous y sommes ! exulte Jérôme.

Émilie fait glisser le couvercle. Damien libère aussitôt le verrou, soulève la herse et attrape la main de sa sœur et de son frère qui s'extirpent de la boîte à saucisses, puis il laisse retomber le panneau.

– On a gagné ! se félicite Émilie. On est les héros du Fort !

– Non, c'est moi ! claque une voix dans l'ombre. Je suis ravie de remettre la main sur vous, petits scorpions !

Sauvés !

Une silhouette se découpe dans l'ombre, le bras pointé vers eux, un couteau à la main.

– T... tante Médusa ! bégaie Mathias en serrant très fort son chat contre lui.

– Quelle belle brochette de casse-pieds à entasser dans le goulp ! reprend l'étrange femme.

– Tante Médusa !

– Toi comme les autres, traître ! crache-t-elle. Mais d'abord, je veux savoir ce qu'est devenu Rorqual. Je l'avais envoyé à ta recherche, Mathias !

– C'est... c'est...

– C'est moi qui l'ai enfermé dans un des pièges de Fort Boyard, intervient Damien.

La femme lui lance un regard acéré.

– Conduis-nous jusqu'à lui ! exige-t-elle.

– Il y a tellement de portes que je ne sais plus de laquelle il s'agit, ment Damien qui n'a aucune envie de délivrer le complice de Médusa.

Celle-ci bondit alors sur Émilie et lui pose un couteau à huître sur la gorge.

– Décris-moi le type de piège ! menace-t-elle.

Damien, comprenant que Médusa ne plaisante pas, cède.

– La pièce est tendue de filets et le plafond s'abaisse, indique-t-il.

– À quel niveau? Je ne vais pas perdre mon temps à ouvrir toutes les portes.

– Mathias sait! Mathias sait! glapit le Quasimodo. Oh, problème, problème... ajoute-t-il en découvrant la mine furibonde de Damien.

– Mathias ferait bien de ne s'occuper que de son chat, rétorque Jérôme. Tante Médusa va le jeter dans le goulp avec nous.

– Pas Gédéon! Pas Gédéon! se récrie Mathias en essayant de cacher son chat.

– Ça suffit! Guide-nous, Mathias! Après quoi j'irai libérer cet idiot de Narval, et j'ordonnerai à ces deux incapables de remettre la cage à sa place. Personne ne doit se douter de ce qui s'est passé.

– La police est au courant, la détrompe Damien. Elle sera au Fort d'un instant à l'autre.

– Impossible ! siffle Médusa, l'œil mauvais.

– Je l'ai appelée de mon portable.

– Je ne te crois pas. Et même si tu disais vrai, il n'y a aucune raison pour que la police accorde foi à tes racontars.

D'un signe de la tête, Médusa ordonne à Mathias de les conduire. Elle ferme la marche, tenant toujours Émilie contre elle. Ils gravissent un escalier. Ils se retrouvent au deuxième niveau, dans une galerie percée de portes.

– C'est là, indique le Quasimodo en éclairant l'une d'elles.

– Rorqual, tu m'entends ? crie Médusa en donnant des coups de pied dans le battant.

Une voix leur parvient, aux accents de fureur, qui voue Damien aux pires tourments de l'Enfer.

— C'est bien lui. À présent, ouvrons cette porte !

— Comment comptez-vous vous y prendre ? ricane Damien. Le plafond bloque toutes les ouvertures.

— Je connais les secrets du Fort, déclare Médusa. Il suffit de tourner la clé dans la serrure pour déclencher la remontée de la dalle. Laquelle de ces deux pestes a mes clés ? gronde-t-elle en s'adressant à Jérôme et à Émilie qu'elle serre un peu plus contre elle.

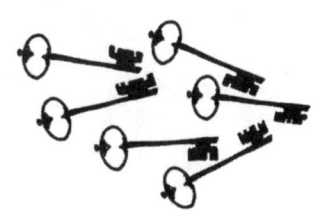

— Je... je les ai lâchées quand le tigre a renversé la cage, murmure Émilie.

— Quoi ? Tu veux dire que mon trousseau de clés est au milieu des tigres ?

— Krrr, krrr, krrr ! pouffe le Quasimodo, dissimulant son rire derrière sa main.

– On va redescendre et tu vas entrer dans la cage ! enrage Médusa en se tournant vers Damien.

À ce moment, un bruit de moteur enfle sur la mer, puis décroît au pied du Fort.

– Qu'est-ce que c'est ? s'inquiète Médusa.

– La police, suppose Damien. Je vous l'avais bien dit.

– Sur le chemin de ronde, en vitesse ! commande-t-elle.

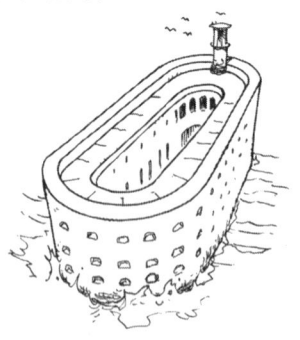

Menaçant toujours Émilie, Médusa les contraint à monter à l'étage supérieur. Mathias court derrière eux, le chat dans les bras, en répétant :

- Bons amis, bons amis, attendez Mathias ! Gédéon se débat. Il faut le laisser...

- Au diable ton chat ! rugit sa tante. J'en ferai de la nourriture pour méduses !

- Méchante, méchante ! rumine le Quasimodo. Mathias va défendre Gédéon. Oh oui, Mathias va le défendre.

Sitôt sur le chemin de ronde, à proximité de la Tour de Verre, Médusa découvre avec horreur une vedette de la police amarrée au quai, son gyrophare clignotant. Des policiers se hâtent vers la lourde porte.

- Enfer et damnation ! fulmine Médusa en foudroyant ses prisonniers du regard. Vous allez me servir d'otages. Je vais... je vais...

Mathias arrive derrière elle et, d'un geste qui les surprend tous, lui jette son chat à la tête. Médusa lâche Émilie et hurle, des griffes enfoncées dans le cuir chevelu, d'autres lui labourant les joues.

– Dans la tour, vite ! souffle Damien en prenant son frère et sa sœur aux épaules. Nous y serons en sécurité.

Ils courent vers la Tour de Verre, s'y engouffrent et rabattent la porte derrière eux pendant que Mathias arrache le couteau des mains de sa tante et le jette par-dessus le rempart. Des bruits assourdissants proviennent de la porte que les policiers ont entrepris d'ouvrir à coups de masse. Médusa réussit à se défaire du chat qu'elle jette au sol.

– Gédéon ! Gédéon ! s'écrie Mathias en se précipitant vers lui.

Médusa le bouscule, lui arrache la lampe des mains et se rue dans l'escalier qu'elle descend en sautant les marches quatre par quatre. Elle fonce dans une galerie, rejoint un souterrain au moment où la porte du Fort cède, actionne le mécanisme d'une ouverture secrète et pénètre dans un étroit boyau qu'elle longe sur une vingtaine de mètres. Elle débouche dans une caverne située au niveau de la mer et s'arrête devant deux marches qui plongent dans une eau noire.

– Ces idiots vont me chercher dans le laboratoire, mais le Fort recèle bien d'autres issues, ricane-t-elle. Le temps qu'ils trouvent le passage et arrivent ici, la marée aura baissé et j'aurai filé avec le Zodiac.

Le Zodiac et la petite barque de Mathias apparaissent dans la lueur de la lampe puis une jetée sous la surface de l'eau, qui délimite un bassin d'où partent quantité de gaines reliées à un poste électronique. C'est le bassin expérimental connecté au laboratoire. Médusa s'assoit sur la première marche. Quand la marée aura atteint son plus bas niveau, elle grimpera dans le Zodiac, se faufilera par une ouverture sous la roche et gagnera la mer.

Damien et les jumeaux sont ressortis de la Tour de Verre et, guidés par Mathias, ils se sont rendus dans le laboratoire où ils ont retrouvé les policiers.

– Je ne pensais pas revenir ici si vite, dit l'inspecteur. Mais où se trouve votre ravisseuse ?

– Médusa possède un Zodiac, précise Émilie. Elle doit vouloir s'enfuir par la mer.

L'inspecteur sort aussitôt son portable et appelle l'homme resté sur la vedette, lui ordonnant de tourner autour du Fort et d'appréhender toute embarcation qui s'en échapperait.

– Le Fort est un vrai labyrinthe, reprend-il après que les jumeaux lui ont résumé leur mésaventure, et je n'ai pas l'intention de perdre mes hommes dans les galeries souterraines. Je ferai venir dès demain une équipe de spécialistes, et ils l'examineront sous toutes ses coutures. Je tiens à mettre la main sur cette Médusa avant la reprise des jeux télévisés. Quant à ses deux complices, il faudra attendre l'arrivée de Tigrella – ou d'un serrurier si elle tarde trop – car aucun de mes hommes ne veut se frotter aux tigres pour récupérer les clés. Bah, une nuit dans le goulp, comme vous dites, ne leur fera pas de mal. Ce sera un avant-goût de ce qui les attend pour enlèvement d'enfants.

Le policier promène alors un regard sur l'aquarium où semblent voltiger cinq méduses...

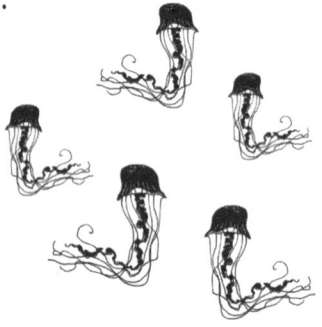

– Allez les jeunes, on retourne à terre ! Il faudra venir au commissariat demain, pour mettre tout cela par écrit. Je vais alerter les garde-côtes afin qu'ils patrouillent autour de Fort Boyard. Vous deux, ajoute-t-il à l'intention de ses hommes, vous restez ici : un devant la cellule de Narval, l'autre devant la porte de Rorqual. Je n'aimerais pas qu'ils nous échappent.

– Est-ce qu'on sera interviewés ? questionne Jérôme. Mathias a très envie que son chat passe à la télé.

– On pourra raconter comment on a traversé la cour de l'alphabet avec un énorme tigre assis sur nous, ajoute Émilie. Aucun candidat n'a encore vécu ça.

– Pas cette fois-ci, sourit l'inspecteur. La seule chose que l'on verra à la télé, c'est la reprise de la chasse au trésor. D'ici là, il faudra que tout soit remis en ordre dans le Fort. Imaginez la surprise des téléspectateurs s'ils découvraient un homme saucissonné dans les filets au moment où le candidat pénètre dans la pièce!

Épilogue

La marée baisse. L'eau a découvert une partie du rocher sur lequel est bâti Fort Boyard, ainsi que la jetée où sont amarrés la barque et le Zodiac. Médusa estime qu'elle peut tenter sa sortie.

– La police a dû suspendre ses recherches pour cette nuit. Lorsqu'elle les reprendra, je serai loin. Quand je pense que j'étais à un doigt de réussir ! se désole-t-elle. Le programme doit être opérationnel à présent et il suffit d'appuyer sur le bouton vert. Oh mais je reviendrai, se promet-elle. Et le premier à subir ma vengeance sera Mathias. Lui, je le transformerai en phoque !

Médusa se lève, braque la lampe devant elle et s'engage sur la jetée couverte d'algues. Soudain, son pied glisse.

– Par Neptune !

Elle bat des bras pour retrouver son équilibre, n'y parvient pas, bascule et tombe dans le bassin expérimental.

Au même moment, dans le laboratoire, Mathias dort dans le fauteuil de tante Médusa, son chat sur les genoux. Les méduses dansent dans l'aquarium géant, sauf une qui flotte, inerte, épuisée par ses vaines gesticulations.

Brusquement une sonnerie retentit. Forte. Tranchante. Manquant jeter Mathias par terre.

– La musique et le bouton vert ! La musique et le bouton vert ! lance-t-il, hébété.

Un bouton vert clignote sur un tableau de bord, sous un panneau truffé de cadrans dont les aiguilles s'affolent. D'instinct, Mathias tend la main vers lui.

– Ah non ! se retient-il, à présent réveillé. Ce n'est pas la musique d'Émilie. Mathias n'est pas fou. Mathias ne va pas appuyer là-dessus et transformer les gens en méduses.

Il s'éloigne, va se planter devant l'aquarium et adresse une grimace à la méduse subitement ranimée qui s'excite en pointant ses tentacules vers l'énorme machine sur laquelle Gédéon vient de bondir. Il décoche quelques coups de patte au bouton qui clignote.

– Miaou ! lâche le chat, surpris, comme le bouton s'enfonce.

Le lendemain, quand l'équipe envoyée par l'inspecteur découvre enfin le passage qui mène à la caverne, elle aperçoit la barque et le Zodiac contre la jetée.

– Médusa ne s'est pas enfuie par là, conclut un des policiers. Elle est donc toujours dans le Fort.

Les hommes promènent les faisceaux de leurs lampes sur la voûte, cherchant une issue par laquelle Médusa aurait pu se faufiler. L'un d'eux éclaire le bassin, fronce les sourcils, se penche puis recule vivement avec une expression de frayeur et de dégoût. Dans l'eau nage une grande méduse aux tentacules noirs, pareils à de longues mèches de cheveux...

TABLE DES MATIÈRES

L'invasion des méduses 7
Le laboratoire sous-marin 13
Retrouvailles 21
Une expédition dans la nuit 29
L'attaque des hommes-grenouilles 39
Fort sous surveillance 47
Médusa 59
Un cadeau pour Mathias 71
Opération Gédéon 81
Damien à la rescousse 95
La toile d'araignée 103
L'évasion 111
Dans l'antre des tigres 125
Sauvés ! 137
Épilogue 151

☁ L'AUTEUR

Né à Metz en 1948, **Alain Surget** a très vite compris que voyager dans sa tête lui permettait d'aller aussi loin que par le train ou l'avion. Et avec moins de risques. Alors il n'hésite pas à traverser monts et forêts pour aller se frotter aux loups et aux sorcières.

Voyageant aussi dans le temps, on le retrouve au fond des pyramides, sur la piste du Colisée et sur le pont des navires pirates.

Pourtant, il lui arrive également de se déplacer réellement pour se porter à la rencontre de son public.

Alain Surget vit actuellement dans les Hautes-Alpes, au pays des loups.

☁ L'ILLUSTRATEUR

Né en 1961, **Jean-Luc Serrano** s'aperçoit vite qu'il aime raconter des histoires en images. Il se lance avec enthousiasme dans la bande dessinée et illustre la série *Taï Dor* durant quelques années avant de partir aux États-Unis, où il travaille sur les films d'animation d'un grand studio de Los Angeles.
Revenu en France, c'est avec le même enthousiasme qu'il met en images albums, romans, films d'animation.

DU MÊME AUTEUR, DANS LA MÊME SÉRIE

Les disparus de Fort Boyard
Émilie et Jérôme passent de super vacances à Oléron, face au célèbre Fort Boyard. Un soir, au cours du jeu télévisé, trois candidats disparaissent. Les jumeaux partent à leur recherche.

Les monstres de Fort Boyard
Jérôme, Émilie et leur cousine échapperont-ils aux nouveaux monstres de Fort Boyard ? Le lieu est envahi par des chiens couverts de tentacules et de terribles pièges…

Retrouvez la collection
Rageot Romans
sur le site www.rageot.fr

RAGEOT s'engage pour l'environnement en réduisant l'empreinte carbone de ses livres. Celle de cet exemplaire est de : **489 g éq. CO_2**
Rendez-vous sur www.rageot-durable.fr

PAPIER À BASE DE FIBRES CERTIFIÉES

Achevé d'imprimer en France en avril 2014
sur les presses de l'imprimerie Hérissey
Couverture imprimée par Boutaux (28)
Dépôt légal : mai 2011
N° d'édition : 6086 - 05
N° d'impression : 122107